U0128972

北京科技大学讲座1

北京科技大学讲座2

河南农业大学讲座（郑州）

新华电脑学校讲座（石家庄）

北京中关村图书大厦讲座

北京西单图书大厦讲座

北京理工大学讲座

北京新书发布现场

程序员
求职第一书

张大志（Leo）等著

电子工业出版社

Publishing House of Electronics Industry

北京·BEIJING

内 容 简 介

公司招聘最看重什么？简历如何突出自己的特点？面试时什么应该说、什么不应该说？与猎头打交道如何占尽先机？什么是求职中的关键与核心？

本书将分 6 章为您解答以上问题，它们分别是：心理篇——调整心态顺利求职、简历篇——正确地撰写与投递、面试篇——掌握秘诀应对面试难题、技巧篇——调整方法先声夺人、进取篇——有效提升自我、悟道篇——求职 99 招（速查手册）。

书中内容是作者超过 10000 场单独面试、超过 100 场群体面试以及与 100 名年薪超过 30 万的候选人沟通的经验总结，它从多角度向您呈现求职中的真相，让您无论是毕业求职还是与猎头打交道时都能做到知己知彼。

本书配套课程将由作者 Leo 在互联网上定期免费开讲，具体时间表请见"http://blog.csdn.net/jobchanceleo"。

未经许可，不得以任何方式复制或抄袭本书之部分或全部内容。

版权所有，侵权必究。

图书在版编目（CIP）数据

程序员求职第一书 / 张大志（Leo）等著. —北京：电子工业出版社，2010.9
ISBN 978-7-121-11387-1

Ⅰ．①程…　Ⅱ．①张…　Ⅲ．①程序设计－工程技术人员－职业选择－基本知识
Ⅳ．①C913.2

中国版本图书馆 CIP 数据核字（2010）第 138045 号

责任编辑：董　英
印　　　刷：北京市天竺颖华印刷厂
装　　　订：三河市鑫金马印装有限公司
出版发行：电子工业出版社
　　　　　北京市海淀区万寿路 173 信箱　　　邮编 100036
开　　本：720×1000　　1/16　　印张：10.5　　字数：156 千字　　彩插：2
印　　次：2010 年 9 月第 1 次印刷
印　　数：4000 册　　　定价：28.00 元

凡所购买电子工业出版社图书有缺损问题，请向购买书店调换。若书店售缺，请与本社发行部联系，联系及邮购电话：（010）88254888。

质量投诉请发邮件至 zlts@phei.com.cn，盗版侵权举报请发邮件至 dbqq@phei.com.cn。

服务热线：（010）88258888。

序

  Leo 又出新书了，我很佩服他的耐力，能常年在 CSDN 坚持写博客，并不间断地回答各位网友提出的问题。两年内还完成了程序员职场三部曲。

  在 CSDN 我接触了很多 IT 企业，大部分企业都缺人，也在抱怨招不到合适的人才。然而职场上求职人群却多如过江之鲫，企业面试的淘汰率高达 90% 以上。为什么？因为大部分求职人员并不明确自己的求职目标，以及相应的准备工作是否到位。

  Leo 这本程序员求职书，内容非常鲜活，都来自求职第一线的现场纪实，涉及了大学生求职、在职人员跳槽以及高级人才如何与猎头打交道等。更有价值的是它将 Leo 从事人力资源招聘面试工作的多年经验如实托出，对不同人群求职心理的分析很到位，同时还提出了相应问题的解决方法。

  在求职之前做好必要的准备，是成功迈入职场的第一步，同时根据求职的要求也可以反映出在职场中应该掌握什么方面的技能。不管你是正在求职，还是已在职工作，对你来说这本书的实际面试案例和分析都很有意义。此外，对于企业的面试官如何更好地分析求职人群，这本书也很有帮助。

蒋涛

CSDN&《程序员》杂志创始人

前　言

——求职之中的"道"与"术"

"程序员职场三部曲"已出版两部，都得到了读者的肯定，它们分别是《程序员羊皮卷》和《程序员职场第一课》。

《程序员羊皮卷》主要内容包括：

- ✓ 大学如何度过
- ✓ 初入职场第一年
- ✓ 判断公司情况
- ✓ 正确面对职场压力
- ✓ 劳动法与程序员
- ✓ 程序员职场心态
- ✓ 加钱问题
- ✓ 职场政治
- ✓ 猎头招数
- ✓ 创业话题
- ✓ 职业生涯九大工具箱
- ✓ 附送光盘中包括 CSDN 总裁谈创业、如何考核以及三招找到好工作

《程序员职场第一课》主要内容包括：

- ✓ 行走职场三大基本素养——正确地坚持、良好沟通、学会提问
- ✓ 事业帮忙三福星——导师、同侪、贵人
- ✓ 职场生存五技能
  - ➢ 职业生涯关键点
  - ➢ 正确维护权益
  - ➢ 巧写邮件提升自己
  - ➢ 用好演讲展示自我
  - ➢ 掌握平衡让自己更健康

✓ 初入职场 36 问
➤ 考研就业
➤ 生涯规划
➤ 法律维权
➤ 职场常识
➤ 求职面试

本书作为职场系列的最后一本，将重点为您奉献求职中的真相。

刚步入社会那会儿总是被人面试，也总是莫名其妙地失败，郁闷之余我许了个愿："一定要坐桌子对面成个面试官"，进入 IT 行业 10 年之后我终于有了机会。面试了过万候选人、看了 100 多万份简历之后，我有很多话想说。我发现无论候选人工作经验是否丰富，在求职中几个类似的错误经常都会发生，所以萌生了写本求职手册的想法。"程序员职场三部曲"上市之后不少读者来信希望我能深入地对"求职"进行分析，这也加强了我写作本书的决心。

本书适合人群

如果您是求职者，无论是因为初出茅庐而不明就里，还是因为多年不曾换过工作、现在想跳槽而产生了焦虑，请不要犹豫、不要彷徨，本书中分享了求职的方法和技巧。这些方法和技巧可以让您高效求职，如果选择网投，书中的方法能让您从上万份简历之中脱颖而出，继而通过面试为自己赢得工作机会；如果是内部推荐，书中的方法能让您踢好临门一脚顺利过关。

如果您想跳槽或者正与猎头打交道，那么本书中提供的跳槽心得、跳槽问题详解、与猎头打交道的方法和门道，可以让您在寻找机会的同时不会跌入陷阱，如鱼得水地畅游在职场的激流险滩之中。

如果您不幸被砍（裁员），那么本书中分享了调整心态的方法和面试回答问题要诀，比如被裁员的经历要不要提、怎么提等问题。

总之，本书是为正准备寻找新机会的您而写的，希望它能在您的求职路上帮到您，让您有所斩获。

本书内容

全书分为 6 章。

第1章　心理篇——调整心态顺利求职

无论是刚毕业的求职，还是多年打拼后的再次出征，我们都要先调整好自己的心态，才能顺利找到属于自己的机会。尤其是对小有成就和刚被裁员的候选人，本章提供的方法可让您度过求职中的心理关。

第2章　简历篇——正确地撰写与投递

如果说求职是场短跑，那么投简历就是起跑的那个万分关键的时刻，所以因为简历和求职信被淘汰的人就可以被称为倒在起跑线上的人。还没开始"跑"就输了。了解简历撰写与投递之道，可以让我们不倒在起跑线上。

第3章　面试篇——掌握秘诀应对面试难题

如果把工作比喻成结婚，那面试就是相亲，双方利用此机会相互摸底并为未来勾画出蓝图。如何让我们能在面试的短短几十分钟里准确地展示自己、了解招聘方的真实情况，本章将给您答案。

第4章　技巧篇——调整方法先声夺人

人才市场竞争激烈，一个中级职位有上百人应聘的现象很普遍，一个初级职位的应聘者更是经常多达千人。人人都想在这场第二名没有任何奖励的比赛中胜出！本章提供的小技巧或许对您有所帮助，其中包括面试与说谎、公司如何做背景调查、霸王面的门道等。

第5章　进取篇——有效提升自我

猎头行业有句名言叫"我们不为没工作的人找工作"，所以他们总是更中意那些不愿意跳槽的候选人，而非失业的求职者，很多时候候选人是被猎头拉着跳槽的。本章重点从猎头的流程出发，介绍程序员如何判断和应对其中的种种风险，为自己赢得美好的职业前景。简单的几招，可以让您轻松搞定猎头。

第6章　悟道篇——求职99招

本章按求职的时间顺序总结出99招，以"术"为基础、"道"为核心，让您既掌握操控细节的"术"，又通过对"术"的练习对"道"有所领悟，最终做到"知己知彼、百战不殆"。99招分为以下6部分：求职心经、确定目标、全面准备、投递简历、面试现场、面试之后。

本书案例

书中案例全都来自于现实，精心筛选之后更具备相当的典型意义，熟悉其中的解决方法之后加以灵活运用，能让您的求职效率大幅度提升。

本书特点——"道"与"术"的完美结合

所有领域都有三个层次，即"道"、"技"、"术"。求职领域也不例外，"道"指求职中的普遍规律，"技"指求职中的方法和技能，"术"指实施中的技巧和细节。大多数人多领悟至"技"与"术"的层面，但与"道"的要求还有一定距离，所以遇到新问题时还是无从下手。本书会从"道"、"技"、"术"三个角度来解析求职中的问题，让您在掌握技巧的同时也掌握解决问题的思路、明了问题产生的原因。

目前市面上的书，讲"技"与"术"的占大多数，诸如技术笔试题技巧、如何在求职中讨巧过关、如何穿着、如何应对面试中的问题等，这类图书想通过分享纯粹的求职技术与方法来解决其中的问题，这种书有点像 Windows 操作手册，随着互联网技术的不断进步和变化，实用价值日趋减少，很多时候按 F1 键就可以找到我们想要的答案；同时就事论事的思路也会慢慢变得难以应对千变万化的现实。

求职者只掌握到"术"的层面，那么即使熟背面试题库中的绝大部分题目，也难以应对实际中出现的新情况，毕竟理论是死的，而人是活的，遇到的问题也是活的。如何理解理论、让理论为实践服务，是"道"的层次解决的问题。

悟道之后方能无师自通。

本书在讲"道"与"术"的同时，重点分享了求职中的"道"。只了解到"术"的层面，遇到新问题时很多时候还是手足无措，掌握了求职中的"道"则会在求职过程中形成属于自己的方法，见招拆招，直至无招胜有招。掌握书中提到的"5个问题"即可应对一切面试，就是求职有"道"的很好体现。

针对求职中的各个层面，本书从心理层面由表及里地分析了其中的困惑，并阐述从根本上解决问题方法。

本书中的故事都来自于现实，揭示了求职的种种真相。

愿真相还您自由，让您的求职水平更上一层楼。

配套课程

本书配套课程将由作者 Leo 在互联网上定期免费讲解，课程信息见："http://blog.csdn.net/ jobchanceleo"。其中包含超过 120 分钟的视频资料，让您有机会更直接地掌握求职中的方法，具体内容包括：

1．500 强校园招聘揭秘

2．IT 猎头内幕

3．面试问题精解

书中提供的方法也许不能在几天内完全解决您求职时面临的问题。我更希望您能通过阅读本书掌握基本的方法，继而把求职的整个过程看得更加清楚明了。

如果您有兴趣就本系列图书与作者沟通，可以加 QQ（121685828）；如果您在书中发现错误，请发邮件给作者，邮箱为 Zhaopinpro@gmail.com，我们会及时改正。

书中存在的问题

作为作者，我为书中出现的所有错误承担责任。如果您发现书中有问题或者有需要改正的地方，非常欢迎发邮件给我（Zhaopinpro@gmail.com），我会在重印时改正其中错误。

非常感谢电子工业出版社各位朋友，尤其是袁金敏、董英两位老师对我的大力支持和鼓励。有了他们辛苦的付出，本书才有机会与您见面。

在本书撰写的过程中，以下朋友曾给予我极大鼓励，在此表示感谢（排名不分先后）：成心文、冯占涛、范宣庭（www.hdz8.cn 站长）、黄海、罗侃、罗嗣金、郭宏翠、龚亮、高兴坤、葛仁边、南宝宁、南建星、王京、吴旻、夏锦泉、向东红、徐浩然、郑增远、张波、张彬、张燎。在文字细节和目录结构的修改方面，特别感谢好友吕娜给予的无私支持和帮助，书中的部分照片由好邻居孙恺先生帮助拍摄，特此感谢。

本书合著者包括：万法兰、张振东、孙砚茹、万江绪、徐进花、张振西、叶中淑、张振寰、孙连生、颜玉红、万新排、谢兰英。

目　　录

案例目录

第 **1** 章

心理篇——调整心态顺利求职

　　无论是刚毕业时的求职，还是多年打拼后的再次出征，我们都要先调整好自己的心态，这样才能顺利走上新的职位。本章针对应届生和职业人两大求职群体进行求职心理分析并给出建议。

　　很多人求职不成功，与其说是方法不对，不如说是心态不对，摆正心态是个关键。

1.1　毕业生求职心理谈

　　近年全国应届高校毕业生人数呈逐年增长趋势，加上往届没有成功就业的毕业生，相信目前求职的人数每年增长都在百万量级，其中超过 10%是计算机相关专业毕业生，据统计，此专业就业率连年下降。本节讲述的是大学生如何能迅速调整心态适应求职生活。

1.1.1　大学生的 7 次悲惨求职

Leo，您好！

　　常看您写的文章，很不错，下面是我的求职经历，您有时间的话就看看吧！

　　去年 11 月份，我第一次得到 A 公司的面试通知，当时很激动，也很紧张。第二天，我到 A 公司后，前台 MM 先给了我一份笔试题，答题时间是半小时。当时一看题，懵了，除了选择题，其他题几乎都不会做。后来技术经理面试我，由于我以前没经历过面试，所以表现很不好，结果就被 pass 掉了。

今年 4 月份，我去了 B 公司，那时我的技术基础已比上次面试时强多了，信心也足了。笔试和面试都表现不错，但结果还是被刷掉了，我当时还有些惋惜。

6 月份，我得到了 C 公司的面试通知，笔试题是全英文的，不过我还能全看懂，题也做够及格了。两个技术经理面试我，他们问了我一些问题，我没答上来。其中有个说："先不说您不是专门学计算机专业的，即使是计算机专业的，技术也不怎么样。"听到这里，我感觉没辙了，的确没辙了。

接下来，是 D 公司，D 公司是一家公司刚在成都开的新分公司。公司环境不错，坐落在成都最繁华昂贵的写字楼里。同样笔试做得不错，面试是群面，我没表现自己，被刷了。由于自己喜欢这个公司，原本有个实习机会的，无奈它反悔，落空了。

E 公司的笔试题只有 4 道题，我半小时做了 3 道，剩下的一道题我一时搞不定，我就说我要交了，不做了。最后在面试的时候，面试官说："您没有耐心，做不出来就不想做了，您求职会遇到很多障碍的。"呵呵，TMD 这次又泡汤了。原本笔试的时间是一小时，我说交了不做了是因为时间到点了，面试官却认为我没耐心，唉!

后来是 F 公司，F 公司的笔试题很变态，17 道选择题我做对了 5 道，由于先前的 D 公司可能有实习机会，结果机会就留给了其他人。

接下来是 G 公司，G 公司经理说："你们来面试的人都很不错，很不错了，但我们要有经验的，能马上上手的人。"你们要有经验的人，干嘛还浪费经历面试我们?

最后是 H 公司，我们一行 8 个人，经过一轮笔试和初试，8 个人留下来 3 个，第二轮面试再刷掉 1 个，第四轮下来再刷掉 1 个，第五轮就剩我 1 个，一轮笔试五轮面试，是我从未遇到过的。太残酷了!由于还没拿到毕业证，所以只能先实习一个月，500 块。我对此没有其他想法。

现在我已上班两周了，或许上面还漏掉了某个公司，但与我的有些同学比起来，我这只相当于他们的一半，也算幸运了。

每次面试被刷，我都苦笑：大凡有所作为的人，都会遭受比常人更多的磨难!以此自嘲会减轻些痛苦。

YangRen

YangRen，您好！

感谢您坦诚地在邮件中分享自己的求职经历。您的求职经历在展示自己不断努力的同时也展示了当代大学生求职时的境遇，笔试、面试、群殴（群体面试）中，我们如何准确地表现自己的能力、给自己赢得机会是每个人应该关注的。

我想先谈谈自己对"挫折教育"的理解。有些事情以前是真理，随着时间的推移和空间的变化可能就变成了谬误。在物质条件如此丰富、机会可以说随处可见的今天，不要相信"大凡有所作为的人，都会遭受比常人更多的磨难"之类的言论，也不要用"故天将降大任于是人也，必先苦其心志，劳其筋骨，饿其体肤，空乏其身，行拂乱其所为"的观点安慰自己。这年头儿，谁不想"有所作为"呢？如果按这个思路，人人想有所作为，就不会有什么"常人"，也不存在"更多磨难"，因为人人磨难都很多。"为什么成功的人是少数，为什么不是我们？其中有什么秘密？"这才是我们应该思考的问题。

不要只停留在一次次从自己的失败中吸取经验和教训的层面，要学会从别人的失败中总结并提高自己，不只是在求职细节上的回顾，还应该根据行业和自身的特别总结出自己的"求职之道"。下面咱们来逐个看看您的"悲惨经历"。

A 公司：笔试时间半小时。除了选择题，其他题几乎都不会做。后来技术经理面试我，由于我以前没经历过面试，所以表现很不好，结果就被 pass 掉了。

Leo 点评：第一次接到面试通知有些兴奋和紧张是很正常的。失败的原因可能是您之前不了解面试的流程和各部分重点。笔试和面试中考查了求职者不同方面的能力，笔试侧重技术，面试侧重表达与沟通能力。现在大家都说求职难，得到一次机会不容易，我建议无论是在笔试还是面试之前都要做相应的准备，同时我们要从失败之中吸取教训让自己成长。

B 公司：我的技术基础已比上次面试时强多了，信心也足了。笔试和面试都表现不错，但结果还是被刷掉了，我当时还有些惋惜。

Leo 点评：相信您至今也不知道被刷的原因。"不明原因失败后，很少主动询问"，很多大学生求职时会犯类似的毛病。如果连为什么失败都不清楚，何谈总结与提高？下次遇到这种情况，至少努力争取联系上 B 公司的有关部门，了解一下自己为什么失败。

C 公司：笔试题是全英文的，不过我还能全看懂，题也做够及格了。两个技术经理面试我，他们问了我些问题，我没答上来。其中有个说："先不说您不是专门学计算机专业的，即使是计算机专业的，技术也不怎么样。"听到这里，我感觉没辙了，的确没辙了。

　　Leo 点评：如果不是计算机相关专业的，还能通过笔试，那么只能说明您技术水平确实比较强，甚至强过某些计算机专业毕业的同学，这本应该是优势。当然，面试官的表达也有欠考虑。我建议您还是多多尝试，找到我们适合同时对方也看重我们的公司。

　　D 公司：是家公司刚在成都开的新分公司。公司环境不错，坐落在成都最繁华昂贵的写字楼里。同样笔试做得不错，面试是群面，我没表现自己，被刷了。由于自己喜欢这个公司，原本有个实习机会的，无奈它反悔，落空了。

　　Leo 点评：群殴中是积极发言还是稳重为先，要以面试的职位和公司的风格而定。另外，没有拿到 Offer 之前不要拒绝其他机会，正所谓"两鸟在林，不如一鸟在手"。

　　E 公司：笔试题只有 4 道题，我半小时做了 3 道，剩下的一道题我一时搞不定，我就说我要交了，不做了。最后在面试的时候，对方说您没有耐心，做不出来就不想做了，您求职会遇到很多障碍。呵呵，TMD 这次又泡汤了。原本笔试的时间是一小时，我说交了不做了是因为时间到了，对方却认为我没耐心，唉！

　　Leo 点评：时间到了交卷本无不可。估计是面试时提到这个问题，您回答"最后一道搞不定就没写"。就此打住的答案对方自然不会满意，如果您加上"我回去查了资料，答题的思路应该是……"表现出自己有慎重的思考逻辑和不断进取的精神，相信结果会有所不同。另外，求职确实会遇到不少障碍，但是只要我们方法得当，都可以迈过去。

　　F 公司：F 公司的笔试题很变态，17 道选择题我做对了 5 道，由于先前的 D 公司可能有实习机会，结果机会就留给了其他人。

　　Leo 点评：有些笔试并不只是为测试求职者的技术水平，还有应变能力和逻辑能力，为此把题目设计得又偏又全也有可能。还是那句话，要形成自己的应对思路。

　　G 公司：经理说，你们来面试的人都很不错，很不错了，但我们要有经验的，能马上上手的人。TMD！您要有经验的，干嘛还浪费经历面试我们？

Leo 点评：这只是借口而已。拨开迷雾才能看到事物背后的真相，真相可能是此公司只招有经验的人，但有几个应届生通过了笔试或者职位突然取消。

H 公司：我们一行 8 个人，经过一轮笔试和初试，8 个人留下来 3 个，第二轮面试再刷掉 1 个，第四轮下来再刷掉 1 个，第五轮就剩我 1 个，一轮笔试五轮面试，是我从未遇到过的。太残酷了！由于还没拿到毕业证，所以只能先实习一个月，500 块。我对此没有其他想法。

Leo 点评：多轮面试也是一种常见形式，很是考验体力与耐力。终于通过面试，还是要祝贺您。虽然薪水有些低，但要考虑得全面些，如果公司前景和职位提升空间较大，可以考虑留下来。

分析了您的求职经历之后，我看到了一个从稚嫩逐渐走向成熟，之后给自己赢得机会的面试者。如果说有建议，那我建议如果您再次求职，可以考虑读些面试方面的书，让自己少走弯路。不一定所有的跟头都必须自己摔过才能取得最后的成功。

Leo（张大志）

1.1.2　迷茫应届生啊，谁来帮您找方向

Leo，您好！

我是一名女大学生，本科是重点大学计算机科学与技术专业，其实我觉得自己是个挺上进的人，早在大一进大学时，就有考虑过以后，想在大学好好学习，学习也比身边的同学努力，但是我觉得这种努力好像很盲目，高考报志愿的时候计算机这个专业是真不了解，瞎报的，大学却发现自己怎么学都学不精，学不通，也钻不进去。现在大四了，面临着工作与考研的困扰，首先是就业形势不好，对自己就业找个好工作没有信心，又因为自己还是想上个研究生，觉得多学些知识对自己的发展还是会有帮助的，所以决定考研究生。

最近已经到了考研紧张复习的时候了，可是我心里却越来越不肯定，不肯定要不要考研，不确定考研要不要考计算机专业，而如果要转专业，我又不确定自己要往哪方面转？

希望老师能帮我解开我的困惑，给我一些您的建议，谢谢老师了！！

Milly

> Milly，您好！
>
> 感谢您的信任。从您的信中可以看出，至今您可能仍然没有确定自己的兴趣与职业方向，是否要在研发领域继续发展应该是您目前面临的抉择，我的《程序员羊皮卷》一书的第 16 章中，提供了"三步定义职业方向"的工具，希望能帮您先定义职业目标。
>
> Leo（张大志）

本节我们重点讨论的是迷茫的问题，毕业之前面对无边的社会，很多学生都会有此感觉。

每个人都多多少少会受时代的影响，大学毕业之前，我们很少有迷茫的时候。上幼儿园的目的是毕业之后上小学；上小学的目的是毕业之后上初中、高中；上高中的目的是为了考个好大学；上大学的目的是为了就业。要毕业时问题来了，大学生突然发现社会之大却感觉无容身之地；机会虽多却感觉无适合的工作；看到很多公司都在招人，却感觉哪个也不适合自己。

迷茫的内在表现为：不知道自己想干什么、能干什么，职业生涯如何走、下一步怎么办。

迷茫的外在表现为：海量投递简历、面试时表现得一脸茫然、关键问题回答含糊其辞。

外在表现有时还有时间性，在求职未开始之前的超级自信——如我这般优秀怎么可能找不到工作呢；求职中的超级自卑——唯唯诺诺少有年轻人的豪气，完全看不到平日里的个性张扬。

不需要找工作的大学生在我们此次讨论之外，正在求职的大学生中大部分给人的感觉就是委曲求全地先让自己找到一份工作，无论是什么工作，只要是工作，找到先上班再说。

职业生涯咨询在定义职业方向时，我经常能听到类似下面的话："我刚大学毕业，也不会什么，能找个工作就成。您看我适合干什么？无论干什么，我一定会认真干，我相信自己一定会干好。"

说话者除了一脸迷茫之外，脸上还有种奇怪的坚毅表情。

有个业内流传很广的笑话，某大学生去应聘程序员工作，什么都没想清楚，唯一能肯定的是自己必会干好，满脸刚毅地对面试官说："请您给我一个机会，这将是我的支点，我会用它为您撬起地球！"面试官说："您还是先回去想想清楚干什么再来应聘。"大学生答道："那我现在就回去想清楚，想清楚之后您能给我一个支点吗？"

类似情况也发生在投简历这个求职的重要环节之中。

📖 案例 1.1　26 封简历

现象：李华刚连续投了同一家公司的 26 个不同职位，有 Java 程序员、.NET程序员、PHP 程序员、系统分析员、QA、项目经理、研发主管、网站前台开发、运维维护，囊括了所有与技术相关的职位。

结果：被直接删除，没有面试机会。

求职者观点：并没想清楚、搞明白自己适合干什么，想广种博收抓住每一个机会，把每个看上去"适合"自己的职位都搞上。表面上他们大面积扩大投递的职位，希望不失去任何合适的机会。

招聘方观点：如果求职者自己都没搞清楚自己适合干什么、能干什么，我们不可能、也没必要帮他们想。

☞ Tips：有的放矢是成功的前提

世界上根本不存在"任何机会"的概念，只有适合自己的，才叫"机会"。其余的不过是存在的职位而已。那些职位，对别人来说是"机会"，对您来说，根本什么都不是。

如果候选人因为怕失去机会而胡乱投简历，可能连原本有希望属于自己的机会都搞丢了。因为一个连自己都没想明白干什么的人，怎么能指望别人帮自己想明白呢？难道我们希望招聘方的 HR 在面试时帮着我们做个职业生涯规划吗？情理之中的结果是：被烙上迷茫特质的简历投递者会失去很多面试机会。

有些人会说："我在大学里就没学过类似的求职知识，也没分析过我自己适合的职业方向，说实话大学里我就没学什么，怎么可能不迷茫呢？"

应该承认基本每个人都会经历这样的日子，迷茫不可怕，关键看我们怎样度过。有人选择考研、有人选择考公务员、有人选择上技术培训班，不同的方法面对迷茫，导致了完全不同的结果。

想走出迷茫的沼泽，就需要选对方法外加自己的努力实践。能为我们指引方向的就是我们自己。

1.1.3 求稳心理与公务员考试

2008 年中央国家机关公务员考试最近举行行政职业能力测验和申论两科笔试。全国通过报名资格审核的考生共有 80 万人，报考与计划录取比例（竞争比例）平均为 60:1，其中最热门职位的竞争比例高达 3592:1。（来自 2008 年 12 月 9 日《西部商报》）

2009 年高考平均录取率好像是 60%多一点，公务员考试已成了名副其实的"中国第一考"。

我在多年的校园招聘实践中发现，大学生对付迷茫自认为最有效的方法就是考公务员。认真想想，大家争相去考公务员无非是认为"考上公务员=工作超级稳定"，其实这里面充满了隐喻。

隐喻一 工作稳定

很多人在找工作的同时考公务员，这其实是给自己上了一份心理保险。大多数人这么想：工作不好找或者没有找到适合自己的工作时，那就所幸去当公务员。虽然不是绝对的铁饭碗，但不会有失业之忧，不会被裁员。面对风雨飘摇的社会，公务员就是安全的避风港。

隐喻二 前途固定

未来的不确定性和对前途的担心是每个人内心深处最大的隐忧。上大学时，有国家制定的教学大纲，有老师的教学计划，我们大概知道自己在什么时段完成什么样的工作，所以对未来的担心会少些。走入社会之后的情况就完全不同了，没有人帮着确定方向、没有人帮着制订未来的计划，所以很多人从此手足无措。很多大学生就这样从骄傲的雄狮变成了迷途的羔羊。

考上公务员的第二大隐喻就是再次过不必为前途思考的生活。顺利成为公务员之后，直到退休之后的职业前景都被规划得一清二楚，不必再费脑筋考虑自己的职业规划，不必再担心前途黑暗。

隐喻三　高福利

在公司打工时存在很多风险，诸如：不按时、按规定金额上保险，拖欠工资，不付加班费，甚至有公司因市场原因倒闭从此衣食无着的风险。

公务员则完全避免了以上的问题，不会欠薪、不会欠保险、不会欠公积金，更没有倒闭的风险，从某种程度上可以说公务员是安全度过人生的不二选择。

以上三个隐喻背后突显出的是人们对未来事业不确定性的担心，是内心深处对职业安全的绝对渴望，是规避风险的手段。

打造真正的"金饭碗"

应届生之中有相当比例的人选择考公务员，在他们心中"考上公务员=工作稳定"。

客观地说，世界上没有任何一种岗位和职业是固定不变的，也不存在自始至终保证我们衣食无忧的工作。

俗话说"打铁还要自身硬"，有能力才能做出成绩，有成绩才能让我们真正拥有稳定的工作。只有不断拓展自己的知识面、提高自己的思维水平、总结自己长处的同时克服不足，我们才会端起属于自己的"金饭碗"。

1.1.4　实训、提高学历与求职心理保险

面对就业难、公务员不好考，不少朋友选择用提高学历或者参加实训的方法给自己买份心理求职保险，这里面的逻辑是：高学历=求职相对容易，实训=工作经验。不能否认其中有一定的道理。那么是应该继续学历教育，还是去参加社会上的实训班呢？

选择一　继续提高学历

工作不好找，考研是最佳选择吗？在校园巡讲时我数次面对这个问题。

准确的回答是：要看考研的目的。

如果考研的目的只是为了盲目提高自己的学历，那么研究生毕业，无论是硕士还是博士，找工作都依然困难。目前社会上对学历越高动手能力越差、学历越高对自己定位越不准的结论都是大家依据此类人士的所作所为而得出的；

如果是为了逃避就业压力，那么很遗憾，结果只能适得其反。我面试过某学校的本科学生会主席刘刚。以刘刚在学生会的职务，他是可以以行政保研资格继而解决北京户口的，但他却选择了放弃保研，自己也没有考研的打算。对他的选择我充满了好奇，他的解释如下："保研并解决北京市户口至少要为本校多服务三年，三年之后的形势谁都不好说。即使考研成功，将面临更加残酷的竞争。本科阶段任学生会主席的我愿意用自己现有的能力来找到一份心仪的工作，省下读研的两年时间。"从能力和素质上看他确实超过了绝大多数本科生，所以很快成为了某公司的员工。

当然，如果考研的目的是为了让我们有针对性地丰富自己的技能与常识、提高自己的水平，在毕业之后可以找到更好的工作。那这就是种很不错的选择。

学历只在某种时候与能力成正比，就是别人不具备相当学历的时候。大学扩招意味着若干年之后的研究生扩招，会有更多的硕士、博士参与激烈的求职竞争。是多两年工作经验有更重的砝码，还是有高一个层次的学历能为自己赢得更好的机会，相信每个人、每个公司都有自己的答案。

选择二　参加实训班

除了提高学历之外参加实训班也是一种选择。每年 9 月各种培训机构都涌向学校，名目繁多，如 Java、.NET、PHP、测试等。他们都打着学校知识与实际需求相差很远、本班包教包会、推荐就业（反复暗示是包就业）的旗号吸引大学生。

那么参加了这些培训之后，真的能找到工作吗？

回答依然是看情况。

我自己就是 1997 年参加了一个 IT 培训班，然后被推荐至北京中关村就业的，应该说我是 IT 培训的受惠者。

培训结束之后，根据每个人的心态会有三类很典型的情况。

第一类　学有所成、学以致用

此类学员来参加培训之前知道自己缺少什么，在培训班应该重点学习哪些，毕业之后又应该在哪个方向上求职。抱着明确目标的同学会把培训班学到的东西运用于实践，为自己找到合适的工作。凡事预则立。

第二类 平凡无奇、认真努力

此类人所占数目比较大，他们抱着反正学了最后能有工作的想法，每节课不少上，作业也都完成，等到毕业时学校会帮他们推荐工作。客观地说，他们都能在行业里找到一份还算满意的工作，但能不能做长完全取决于他们进入公司之后的努力和认真程度。

平凡无奇也没什么不好，只要努力了，相信都会有回报。

第三类 学无长进、求职亦难

不可否认，大部分人上实训班都是家里出钱。也有很小一部分人是父母强迫他们来学的，一是为了孩子三个月或者半年有着落，不至于出去惹是生非；二是为了学得一技之长，能有个工作干。可惜的是，大部分情况下这些都是父母的一厢情愿，孩子的想法有时甚至截然相反——好不容易毕业了，现在又来学！

抱如此心态的学生的学习效果可想而知，即使最后因种种原因没找到工作，学校也退了钱，可是我们损失的时间和精力找谁去赔呢？

我个人的观点是：实训班既不会如培训机构宣传的"包治百病"（N 多学员毕业后都月薪过万），也不像某些机构全都靠骗（毕竟培训学校如雨后春笋般出现有其背后的道理）。参加培训班能否取得预期的结果，与自我定位、学习前的准备、学习的认真程度都有很大关系。

选择三 随便找份工作

经历几十年的求学之后，不少朋友不愿意再学了（我当年就是如此），于是选择马上就业，但是缺少方向却给自己带来了很多麻烦。

时下极流行"草莓一族"的说法，讽刺年轻人外表光鲜但是承压能力差，压力来的时候小则破相，大则碎身，继而纷纷跳槽走人。我想这与很多应届生胡乱找份工作，抱着"先干起来"的心态有很大关系。"能干什么我不知道，但您给我一份工作我一定能干好！"或者类似的话是他们嘴里最常说的，找到份工作仿佛是他们心里唯一想做的。实际情况是，绝大多数人因为实际工作与自己想象中的不相符而很快离开工作岗位。

没有目标地找到工作之后，认真干上几天"草莓一族"就会发现工作并没有自己预期的好玩，再干上几天他们会发现很多工作就是简单的重复、再重复，很无聊。一部分人抱着"混"的态度长期干着刚好满足公司要求的工作,状态是既不能被开除也不可能因为工作出色而被委以更重要的职责;另一部分人则选择离开,去寻找新机会。

没有目标的求职者比较典型的状态是:无法长期在某个公司甚至某个行业持续工作,让自己有所积累,反复在各行业之间跳槽寻找自己理想中的工作,总是认为下一份工作"极可能"是很适合自己的。

青春在不断换工作中度过。

📖 案例1.2　缺乏清晰目标

吴莹毕业后应聘四处碰壁,下面是她面试时遇到的情景,您能看出其中的问题吗?

HR:"请简单介绍自己。"

吴莹:"我是今年毕业的,实习的时候在天津一家公司做程序员,上周离职的。男朋友在这,而且北京机会多,收入高,所以就过来了。"

HR:"实习时的工作内容是?"

吴莹:"主要是一些项目的文档工作,实习时没做开发,但我在学校里学的是计算机专业。"

HR:"这次您应聘的职位是.NET开发工程师?"

吴莹:"是的,我认为我有能力做好这个工作!"刚才还语气平缓的她提高了一点调门,眼神看起来也比较坚定,听起来底气很足的样子。

HR:"您认为做好开发需要具备哪些素质呢?"

吴莹:"好学、聪明、能吃苦,还有专业技能。"

HR:"嗯,之前有过实际项目开发的经验吗?老师安排的不算。"

吴莹:"之前没有,因为没有机会。"突然嗓音提高了两度,"难道你们认为没有实际经验就不能应聘程序员吗?"

HR:"应该不是,所以才安排您来面试的。我也想听听您的看法?"

吴莹:"我是应届生,没有实际经验,也不可能有,但我有很强的信心把开发做好。"

HR："针对这个职位，您的优势在哪里？"

> **招聘方观点：**想知道应聘者是否具备程序员应该有的一些素质并举出例子——比如，很强的求知欲、足够的耐心、责任心等。回答的时候应该考虑到职位要求、公司性质等。即便是列举某些优势也一定要跟自己应聘的职位匹配。值得注意的是，千万不要尝试去编造一些自己没有的能力，否则，这些谎言会成为您职场上的绊脚石。

片刻沉默后吴莹回答："聪明。"

面试就是这样，您说的每一句话，都会成为面试官继续追问的依据。果然，HR追问道："能举个例子吗？"

吴莹此时有点神采飞扬，"我一次面试时被问到，毕业答辩得多少分。我说80分。对方问我为什么没得满分或者有什么得满分的方法。我当场总结了3点。一是找100分同学的答辩书来看，把好的吸收过来；二是找老师，让他告诉我为什么我没得100分，还有什么其他方面需要注意。三是改进自己的答辩书。提问的人对我的答案都很满意。"

HR："嗯。下一步，您有什么打算呢？"

吴莹突然间大喊着说："在北京找个工作，一定要在北京坚持下去。"

"您认为自己的哪个特点适合我们公司和我们公司这个职位呢？"HR继续发问。

吴莹："因为我是学计算机的，其他就没有什么特别的理由了。再说你们公司不是在招人吗？"

……

☞ Tips：目标与能力不能混淆

白居易十六岁那年到了长安，拿了自己的诗稿去见一位当时很有名望的诗人顾况，当顾况看到诗卷上的名字"白居易"时，感觉不是很爽，因为字面上理解，这三个字的意思是白吃、白住比较容易，就说："长安居，大不易！"意思是说："长安米贵，白住不容易啊！"

当他读到一首《古原草》的诗"离离原上草，一岁一枯荣。野火烧不尽，春风吹又生。"时大为吃惊，尤其对"野火烧不尽，春风吹又生"两句，反复吟咏，十分赞赏，因而立即改口说："不错，能写出这样的好诗，在哪里居都是很容易的。"

白居易其实也许并没有在长安居住的目标，但他有能力。要达到目标，必须要有适合的能力、机会，再加上努力的过程。

对于应聘者来说也是一样，长居某地然后有个更好的发展无可厚非，但是如果只简单盲目地"混下去"并不能成为留下来的理由。我们想留下必须拿出实力证明自己可以胜任，要知道意愿并不能成为得到的理由。

身处瞬息万变的时代，摆脱迷茫、拨开迷雾、找到前进的方向才是成功之道。如果真的下决心要去一个充满机会的城市发展，那么，首先要做出清晰的分析。

这个充满机会的城市，什么样的机会最多？未来几年什么样的机会即将大量涌现？

自己有什么能力，是这个城市需要的吗？这是自己能够在这个城市发展的根本原因。

1.2　职业人跳槽心理谈

不同于大学生，工作几年或者十几年的程序员求职时有自己的心理特点。

1.2.1　"高龄"求职之惑

Leo，您好！

我是个迷茫的求职者，工作十几年第一次跳槽。不敢在网上公布简历，我目前求职的方法是找猎头公司、猎头顾问，给他们留下的公开邮箱发简历，但一直没人约我来面试。下个月合同就要到期了，我应该怎么办？

迷茫的资深人士　陈灵

应该说陈灵的处境代表一批资深人士的处境，多年没换工作，想换时感觉不方便在招聘网上直接发简历，发了估计也没人会认真看。

最近两年，我在研读平狄克的《微观经济学》，有不少收获与启示，其中一条是"大部分经济学研究都建立在只有若干条件变化、其他条件视为不变的基础上，之后总结出相应的结论和规则"。这些对现实有其指导意见，但是并不意味着适应所有个案。现实远远要比预期复杂，也不可能出现只有几个条件变化、其他条件都恒定不变的情况。"股市整体崩盘的时候仍然有人在赚钱，大势看涨的时候赔钱的股民也不在少数"是个很好的诠释。找工作也是相同的道理，普遍存在的现象，比如资深人士不会网上投简历，主动联系公司会让人感觉很掉价儿，都是相对规律，每个人求职时的情况都会呈现出各自的特点。

　　求职时我们要根据自己的特点活用规则，甚至打破规则，让自己有个美好的明天。

　　如果合同很快到期，我们要养家又不能失业，那么现在就是使出浑身解数的时候了。

　　第一步就把准备好的简历发给有可能提供机会的人。联系前同事、领导、同学、老师，说出我们现在的处境，明确表示需要帮助，把简历发给他们。"如果您现在的公司不需要人，可以帮我转发一下简历，非常感谢！"的话要多说。很多次朋友让我帮着留意机会时我只是做了简历转发的活儿，几经辗转的简历最后放到了需要的人面前，而朋友最终得以入职，我本人也曾是此种方式的受益者。

　　陈灵投简历没有回音，在他看来是被潜规则了，在我看来则是投的简历不够多。找出相关的邮箱每周发两次简历，直至发到有回信为止。失业就在眼前，没什么面子可言。

　　发简历最大的敌人并不是把它投给并不需要的公司，而是没有让需要它的人看到。

　　之后就是在本行业相关的领域里放下身段广泛应聘。我见过很多资深人士由于长期稳定在自己的岗位上，严重缺乏面试经验，导致的后果是在关键时刻往往无法表现出自己的优秀品质，最终名落孙山。解决方法就是多面试，除非能明确判断出对方是骗子公司，否则约我们面试的机会一个都不要错过。一是增加自己的面试经验，让自己不至怯场，二是让自己习惯于被审视。很多管理层候选人求职时不能适应自己被别人"考"也是导致失败的一个主要原因，他们在领导层做得太久了，更习惯于考查别人而非被考查。

　　求职从某种角度上，就是推销自己的过程。

📖 案例 1.3 此心安处是吾家——过三奔四的困惑

Leo，您好！

我叫江勇，冒昧地向您请教如何解决在下的问题，望能具体地指点指点。

我过三奔四、已婚。计算机专业毕业后我就在深圳工作，有 14 年了。由于自己一直在变换职业规划，导致我现在处境难堪。

我在这十几年的工作经历中，做过程序员、网络管理员、QA、主管、经理等，还在几个好的公司接受了一些职业培训，如 TQM（质量管理）、Leadership（领导力）、MCSE 等。

现在我又面临选择，请帮我分析一下。

1. 继续在采购、供应链这个行业发展。但现实是这个行业的从业人员薪酬较低，又经常超时工作，这样就会减少和家人在一起的时间。

2. 去应聘高一点的中层管理职位，但是仅仅有 5 年的小团队管理经验似乎不够资格。我希望能到规范一些的外企工作，到私营企业工作我有点担心要经常加班，会忽略了对家人的照顾。

3. 我最终想去考 TEFL（是一种教英文的资格证书），然后可以去教英语，或者教外国人汉语。其实那是一份我比较渴望的职业，但是现在资格不够，而且我现有的储蓄暂时不能用来去参加此类培训。

我现在很矛盾，能否为我这个"大龄"人指点迷津？在下将不胜感激。

盼复。

江勇

江勇，您好！

感谢信任，其实之前咱们处境有相似的地方。

2009 年 2 月，我自己工作不顺心，反复调整了自己之后，我发现不能再和当时的工作和平共处，公司也不能再提供上升的空间和平台，加薪也没可能。权衡之后，我离开了工作了 3 年的公司。虽然没有坚持到被开除是个遗憾——被裁至少还能拿到些赔偿，不过，在长期不开心等待被开与自己走人之间，我选择了后者。什么也不能买我的健康，而不开心是健康的大敌，工资又没多到足够我老了买药。

离职之前，我就面临着几种选择。

1．留在公司继续混：这样稳妥，旱涝保收，被开除还能拿赔偿。缺点是很不开心会影响健康。

2．到新公司上班：薪水比现公司多，职位比现公司高。缺点是新公司是我不熟悉的投资行业。

3．自己干——做 HR 咨询：具体地说就是研发人员架构设计、考核体系制定和人员招聘。虽然这是我喜欢且擅长还对社会有利的事，但困难重重。缺钱、少资料、风险高等。

用了多种方法权衡三种选择之后，我离开了当时的公司，放弃了新的工作机会，选择了自己喜欢而擅长的 IT 领域 HR 咨询。因为这是我心的方向，干这个我感觉很踏实，此心安处是吾家。我还相信方法总比困难多些。

就像您说的"干采购，又感觉总加班；想做中层，又担心与家人相处时间太短"，人在世上，行走职场时，遇到的任何职业选择，应该说都有得有失。最重要是看选择的方向、付出的努力是否能为自己赢得相对美好的未来；是否是自己所擅长的；自己是否真的能干好。

无论是继续干采购，还是考 TEFL。我建议您还是先选定方向，再定下一步的计划。越是年纪大，越应该对自己的未来负责。

此心安处是吾家！！！

Leo（张大志）

1.2.2　跳到竞争对手公司是否有违职业道德

只要回答一个问题，搞清两个"有没有"就可以解决跳槽到竞争对手公司是否有违道德的难题。

道德与法律的关系

我们首先要明确道德与法律的关系，法律是最低限度的道德，违法就要追究责任，有时是刑事责任；道德是最高限度的法律，是法律的理想，违反道德并不会被追究实际的责任，最多也就是被指责。

原公司有没有签订竞业禁止合同并支付相关费用

竞业禁止的意思就是离开目前公司，不能去竞争对手公司。竞业禁止合同也对部分对手进行了定义。签认这种合同是对员工的一种法律手段的限制，但此合同生效的前提是公司为此支付了相关赔偿。没有支付赔偿或者合同订立时存在明确偏袒一方的情况，合同无效。举个例子，我见过某公司限制离职的网页设计师 April 到其他网站工作，但 April 只掌握网页设计的技能，如果不找相关工作就意味着失业。这家公司又没支付竞业赔偿，所以此竞业禁止合同无效，April 大可放心寻找自己喜欢的工作。

员工跳槽有没有伤害原公司的利益

"程序员跳槽带走原公司核心代码到竞争对手公司"就是个典型例子，这伤害了原公司的利益，即使没有被追究法律责任，此举也明显有违职业道德。有时候更可恶的是，跳槽员工带走的是别人开发的程序。

我的建议是：程序员跳槽应该带走我们自己的优秀的技能、丰富的经验、良好的工作态度，其他的都留下。

☞ Tips：新公司看重我们什么

如果新公司是因为某程序员可以拿到原公司的核心资源，比如全套原代码，而让我们加盟，那么在代码到手之后我们失业的可能性极高。一来新公司已拿到自己想要的东西，二来新公司也不愿意让自己的代码被人带到竞争对手那里，很难相信一个叛将的忠诚度。

所以，跳槽之前请先弄明白对方看重我们什么。

1.2.3　求职失败三错误

假如设计个问卷发给企业，问："什么样的应聘者您不会录用？"那么有以下三个特点的候选人必在其中：

- 缺少责任感。

- 盲目标高薪水。

- 自己永远正确。

这就是求职中的所谓三大致命伤。

致命伤一　缺少责任感

很多时候是否有责任感是从平时的点滴小事之中体现的，面试守时就是其中比较重要的一条。

大多数公司技术相关职位的面试流程是：电话简单沟通，约时间→初试（开发人员多是笔试）→复试→确认薪水、上班时间→入职。

具体流程内容如下图。

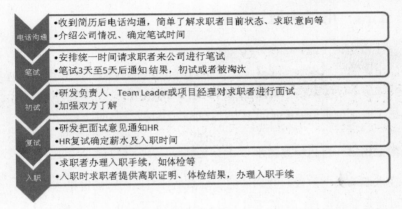

面试的流程短则三天，长则一周左右，准时参加面试走完此流程，多少可以反映出应届生的责任感。

2009 年十一长假之前的一周，Y 公司约候选人参加研发笔试。考虑到很多人会在此时间段外出旅游或者回家，在约见面试的电话里，Y 公司职员特别强调如果求职者本周没空，笔试时间可以安排在十一之后。有 24 名身在当地的学生在电话里同意笔试，笔试当天只来了 4 位，其余 20 人在未做任何说明的情况下没有出现。

前台打电话向每个未到的候选人了解原因，看看是在电话里没说清地址，还是别的什么原因，导致了大家的缺席。最终的反馈是：4 人电话不接、3 人电话关机、13 人临时有事。

一个面试机会对求职者而言可能不算什么，对自己只不过是少个求职机会而已，其中折射出的缺乏责任感却使很多人最终被挡在机会的门外。

有这等品质在身，很难让我们在事业上有什么建树。

所谓一花一世界，求职过程中任何点上体现出缺乏责任感都会被马上淘汰。公司的逻辑是：如果不负责任的人进了公司，那么造成的损害绝不只耽误时间这么简单，很可能是项目的延误甚至是失败。不可否认，现在就业压力大，大部分人对求职抱的态度都是普遍撒网、重点培养。得到面试通知后，发现公司离家太远或者刚好被另一家录用的事儿时有发生。"中国这么大，接到面试不去的又不是我一个，没什么大不了"也是很多人的正常想法。但是请不要忘记，这种行为正潜移默化地影响着我们自己的处世风格，其负面影响早晚有一天会给我们自己带来莫大的伤害。

☞ Tips：电话沟通别轻视

别小看电话交流，这种方式一样能体现我们的专业性，运用得体的方式处理不能出席的面试电话，既能体现自身素质、节省双方时间，又能为自己赢得机会。比如可以在电话里直接说因为路远、已有工作机会希望下次合作，即礼貌回绝，或者可告诉 HR 时间不方便，能否另外安排时间。

致命伤二　盲目标高薪水

在求职的某些阶段，我们倾向于过高估计自己的市场价格（工资），心理基础可能是要高点自己生活质量更好，也可能是我之前在公司确实没拿到与自身能力相匹配的工资。自信是好事，盲目自信导致的期望薪水过高则多半会让我们与好机会失之交臂。

📖 案例1.4　装出来的高水平

朱玉在应聘 F 公司的程序员职位时表现不错，谈及薪水时他要求 10K/月（K 即千），并自信满满地说："我就值这么多！"

入职之后研发总监发现朱玉不具备相应水平，他只是针对笔试、面试提前做了不错的准备，让自己看起来水平很高——虚高。拿了相应薪水完不成相应的任务，公司只好解雇了他，理由是：能力不足，短期内也很难提高到与自己的薪水相匹配的水平。

试想如果当初此候选人能按自己的真实水平提出期望薪水，比如 6K/月，那么可能导致的结果应该是要么 F 公司认为其不适合公司的职位不给予录用，要么他会得到与自己实力相当的薪水进入公司，然后有提升自己的机会，总之，哪种结果都会比现实之中最后被开除更好。

新劳动法颁布后公司在用人方面压力很大，因此大部分公司都有个共识，就是如果新入职员工能力明显低于公司所支付的薪水都要马上解聘。应聘者盲目向企业要价，即使成功最后也难逃厄运，不如老实地提出要求。

高水平可以装一时，但不可能装一世，早晚会被戳穿。

☞ Tips：如何给自己定价

了解市场价，向资历相当、已找到工作的朋友询问薪水范围情况，从而了解平均市值。

正确估价：了解目前自己同龄人的薪水之后，给自己估个起步薪。应该比您自己认为的薪水靠谱。然后在应聘不同公司时提出这个薪水要求，让市场来验证再做调整。

致命伤三　认为自己永远正确

人非圣贤，不可能永远正确，但有些求职者总能为自己无法自圆其说的理论找到合理的解释，求职的过程不是争胜的过程，而是双方相互了解的过程。

2009 年我面试的候选人吴春苗就是这方面的代表。

Leo："您简历里提到在×××公司曾任职研发经理，但职务栏写的是开发工程师？"

吴春苗："我虽然是工程师，但是做的是研发经理的活儿，所以就这么写了。有什么不对的吗？"

Leo："其中还提到您建立了国内某领域最大的行业网站。我能知道这个网站平均的 PV（日点击）是多少吗？"

Sandy："每天 300 多个独立 IP，点击在 400 左右。"

Leo："那可能算不上是个大网站。"

Sandy："这就是您不明白了，从某个角度讲，我做的网站就是国内最大的。您不了解这个行业而已……"

吴春苗失去了复试的机会，我相信您能看出其中原因。

☞ Tips：求职遵循的唯一原则

孔子的弟子有一次问："如果一生之中行为做事只遵循一个字，那么应该是哪个字？"孔子回答："恕。"

如果说求职之中我们要遵循什么原则，那应该是相互坦诚。

请相信坐在我们对面的人有很丰富的面试经验，面试中的任何不实之词都会被对方感觉到，最终成为我们面试败北的原因。

1.2.4　求职成功的要素

决定求职成功的因素有很多，比如学历、学校、专业、经历，但是并不能单纯地认为学历高、工作经历长的求职者必能成功，有些研究生竞争中落败于本科生、资深工程师面试时被淘汰就是这个道理。

"定位明确、目标合理"在很大程度上决定着我们是否能求职成功。

📖 案例 1.5　童刚成功的故事

童刚有 3 年工作经验，投简历来 T 公司面试，笔试和技术面试都顺利通过，最后就差 HR 这关。

HR："您好！我是公司 HR 负责人，叫我 Leo 吧。您的笔试和面试都已过关，我今天只谈薪水问题，如果能确定您可以很快上班。说说您之前的薪水吧！"

童刚被问得有点蒙，但还是以诚恳的态度回答了问题："之前薪水是 3500 元/月，然后每月 200 元饭补，手机费报销。"

HR："嗯，我们也会提供饭补和手机费报销。按我的理解 4000 元/月，您就可以接受对吗？"

童刚说："能不能再涨一点，我希望换一份工作能有个提高。"

HR："我们对每个职位都有一个范围。您能接受 4000 元这个薪水吗？"

童刚犹豫了一下："能！贵公司给我感觉比较正规，而且之前跟研发经理沟通感觉也很好，我认为这是个有很大发展的地方。虽然公司现在提供的薪水比我期望的少，但是我相信应该有机会在工作中证明自己的实力，得到加薪。"

HR："肯定没问题，公司是靠实力说话的。"

三天后童刚接到入职通知，不久之后他知道当天有两位比自己更资深的程序员被淘汰了。童刚成功的原因与其说是能接受公司提出的薪水，不如说是因为他目标明确——进入公司，展示实力，总有加薪的时候。

📖 Tips：成功有时很类似

失败者各有不同的失败原因，而成功者成功的模式有时候很类似。如果在求职中，明确目标、看中机会，而不是只盯着工资，那么我们成功的几率也会比别人大得多。如果机会是我们向往的，那么请不要放过它。试想一下，再过十年，谁会在意现在工资是多少？大家会记住我们的成就，有了成就，也就会拥有相应的财富。

📖 案例 1.6　李明的起薪

李明在 O 公司共有 40 人参加的程序员笔试中排名第三，但最后却成为唯一进入公司的人。他的胜出取决于有着合理的目标。

最后复试阶段，HR 与李明进行了如下的谈话。

HR："关于公司，您有什么问题问我？可以问三个。"

李明："我想先重申一下我的求职意愿，可以吗？"

HR："当然。"

李明："目前我有三个工作机会，贵公司排第一位。之前笔试和电话接触让我对公司有了更深入的了解，我想进入公司的原因是喜欢这个公司的氛围，而且能在这么好的环境里办公是件幸福的事。如果有机会来公司，我一定会加倍努力，不会让公司后悔选择了我。最后成与不成我都要感谢您能提供面试机会给我，谢谢！此外，我暂时提不出什么很有价值的问题来，只希望有机会用我的付出来证明自己的能力。"

HR："您的薪水期望是？"

李明："如果有可能，我希望不低于 5 千元。"

以李明的薪水要求与其自身水平相当，并不算高。可 O 公司希望候选人入职时能以一个相对低的薪水进公司，在展示自己的能力之后再相应给予加薪。面对李明充满期望的眼神 HR 有些迟疑，拿不准他能否接受这个薪水条件。

HR："公司对于有 3 至 5 年工作经验的程序员有个统一的薪水标准。试用期 3200 元/月，转正 4000 元/月，您能接受吗？"

出乎意料李明很平静地回答："我感觉可以。因为我相信如果自己能在工作中证明水平，那公司一定会加薪。如果不能，那现在谈多少也没用，到最后还是要失业。"

HR："非常好！您的想法与公司的用人理念很一致。公司更希望那些对公司有所认同、愿意和公司一起发展的人加盟。很高兴有机会成为同事！"

☞ Tips：了解自己想要什么

很多人在被问及职业目标时会说"现在变化太快，而且也不是我们想做什么就能做什么，想进哪家公司就能进哪家公司的，所以我没什么目标。"

朋友问："我想进微软，但不知道自己怎么准备，他们是否会对我的学校有歧视，对我的工作经历不满意。您看我怎么办？"另一位朋友则说："我学计算机专业，毕业工作了 2 年多，下一步打算去微软。我给自己一年的时间准备，按微软的招聘条件加强自己的能力。我相信自己会有机会。"

在竞争激烈的社会里哪位会成功，相信您已经得出了答案。

不要因客观条件的不确定性而影响到自己对目标的制定。正是因为很多因素的不确定性，所以我们才更应加倍努力以实现自己的职业目标。

▌ 1.2.5　失业不代表世界末日

失业或者被裁员是求职的另一种开始形式，这不仅意味着日常收入之源的消失，还失去了个人的工作环境、日常生活的模式，有时甚至是自我目标。

本节我们重点讨论如何在此时度过心理关。如果您最近失业了，那下面的观点应该能帮到您。

为什么是我

工作是自我价值实现非常重要的部分，失业之后自我价值体系可能有些崩溃了，一种"我没有什么价值"的想法油然而生，这是一种很正常的心理状态。

不要怨恨！客观地总结一下为什么会是自己。是因为自己技不如人被淘汰，还是违反了什么相关规定，有没有需要自己负责或者改进的地方。如果有，把目前这段失意的日子当成充电的好机会，以此提升自己的职业技能吧。到书店和图书馆去提升一下自己的内涵；如果没有（没有其实很正常），那么就把目前这段日子当成放松一下的机会，出门旅游放松身心、让自己亲近大自然。

重新建立生活状态

工作决定了我们的生活状态，对失业者而言，建立并维持新的生活状态很重要，其中应该包括寻找新工作的日程、休闲娱乐的计划、学习的计划。不要让生活因失去工作而停摆，请让它继续。

失业了，但不要闲下来。保持有规律的生活，加强日常锻炼。

走出迷茫

"我迷失了方向……"曾是 MSN 上朋友的名字。由此，让我想到当下打拼的很多人。他们都有如下特点：对未来有美好憧憬，一身干劲儿，有一些基本技能，除此之外，几乎一无所有。很多时候，我们努力了之后，社会并没有给我们之前在书里或者在家人嘴里承诺的美好前程。在公司首批裁员名单里总是我们这些不够重要人的名字，新工作不好找，即使没被裁，收入也没见增加，下一步怎么办？我还应该在这个方向上坚持下去吗？

人生就是坐车看景的过程，既然终点一样，不同的也只有过程。注重过程，让过程更精彩是我们应该关注的。所有的经历都是在丰富我们的人生过程。只要我们从事着自己愿意干、有兴趣的工作，那困难也只是暂时的，即使这困难能让我们偶尔迷失自己的方向，比如被裁员就会严重打击自信，像是火车过山洞，开始的时候我们还满是信心，以为黑暗即将过去，1 分钟之后我们可能就会对这个结果产生怀疑。工作中的困难就像是这个山洞，如果持续时间过长，也会让我们不知所措。

永远记得人生只是个过程，困难都会过去，再长的隧道都有尽头。

再坚持一下吧，成功就在前面

失业往往导致职业生涯的突然中断，是继续以前的方向，还是从头另找是我们面临的问题。继续目前的方向很多人会感觉信心不足。在自己兴趣所在的方向上努力过的人，才会有信心不足的感觉，随着接触范围的增加我们才有机会看到自己需要长进的地方。努力过的人，只是没有看到自己认为的结果而已。很多时候，我们可能已经在正确的方向上走出了一段路，小小的胜利就在前面。

很多人因为迷茫，看不清前方，继而换了个方向，有些人终其一生都在寻找适合自己的路。我见过极内向的研发人员转去做销售，只因为感觉销售赚得多；很有潜力的开发人员去做测试只因为研发的压力太大，其实好销售才能赚到钱，测试也未必压力小。

如果我们挖了几百口井，每口只有 1 米深，没有一口有水的，还不如安下心来只挖一口，即使没有水，最后也能打出石油！！！

第2章

简历篇——正确地撰写与投递

我们对未来的生活充满着无限的期待和热望，热情如火地准备投入到工作的滚滚红尘中的时候，只是简历不够好海量投放后没有回音，就足以让期待跌到谷底。其实，到了谷底不可怕，可怕的是不知道为什么而跌落谷底，同样可怕的是手边没有扶梯。

事实就是这样残酷——我们要用一纸简历换一份前程。

如果说求职是场短跑，那么投简历就是起跑的那个万分关键的时刻，那么因为简历和求职信被淘汰的人就可以被称为倒在起跑线上的人，还没开始"跑"就输了。本章就来了解简历撰写与投递之道，让我们不会倒在起跑线上。

2.1 简历和求职信的唯一作用

简历是什么？

回答肯定五花八门，诸如简历是展示我们特点的文档，简历是学习和工作生活的总结，简历是我们通向职场的敲门砖等。以上答案都有对的地方，如果只用一句话说明问题，我想是下面这句：**简历是把自己变成一张纸或者一封电子邮件，用来说服看信的家伙提供一个面试机会的工具。发简历的初级目标是面试，终级目标是入职。**

知道了它们是什么，那求职中写简历、写求职信和投递它们的时候，至少应该遵循以下几个原则。

● 不烦琐

不烦琐，即简洁是第一个原则。只是为了争取面试机会，简历自然不必把自己事无巨细地展示给招聘方，所以应届毕业生中文、英文简历写一页即可，有工作经历的朋友简历不宜超过三页。

简历要提供有效信息，至少包括以下四部分。

基本信息：姓名、年龄、学历、联系方式。

自我评价：与工作相关的优势和特点，不要写与应聘职位没有直接关系的信息。如果要应聘程序员，没必要写平时爱看电影。

工作经历：对自己职业经历的介绍，时间、职位、所做工作。

工作技能：对程序员来说指掌握语言和工具的种类、时间、程度。

● 不欺骗

诚信是求职和工作中我们必须遵守的原则，唯一的原因是说谎付出的成本代价太大，诚实的人有更多机会开心地走到最后。

把明明自己不会的技能、自己没有做过的项目写进自己的简历里叫欺骗。即使我们能靠它赢得面试机会，甚至入职公司，但是最终还是会因为并不具备相关的技能和经验被公司淘汰。那些为赢得面试在学历上造假的应聘者下场更为悲惨，公司会在发现真相后第一时间开除有此类问题的员工。更多的情况是这种人根本进不了公司。

我曾经招聘过一名网页设计师，公司要求会用 Div 切页面的候选人来面试，这是该岗位的基本要求（如同应聘网络编辑的人从来没用过计算机一样，不能满足基本要求的候选人是不可能通过面试的）。候选人简历里提到会用此技术时，我才会电话约面试，在电话里再次确认候选人是否掌握此技能之后，才会安排面试。即使这样，在美工面试的上机实操中，还是有近一半的候选人不会用 Div，只能用 Tab 切。毫无疑问这些候选人不但失去了这个机会，还浪费了自己的时间与精力。

● 不夸张

求职者都倾向于在简历里夸大自己的技能和实力，比如只是安装过数据库就敢在简历里写"精通 Oracle"；只是会简单的编码就敢写"熟悉 Java 语言"，甚至把只是自己听说过的技术写进简历。这都是夸张，虽然没有说谎的问题来得严重，但多半会导致我们失去面试机会。比如，我见过刚毕业不到两年的求职者在简历里写了 13 个精通，操作系统、单片机、数据库、各种计算机语言无一不精通，无一不熟悉，这种候选人到底有几个精通是真，几个精通是假，恐怕只有他自己知道，招聘公司应该没兴趣搞明白。

撰写和投递简历的时候，始终提醒自己，简历的作用就是为我们赢得面试机会，所有动作都要为此服务。

2.2　简历的 6 种必然死法

如果说求职就是把我们的智慧和体力出卖给公司，那简历就是我们给自己写的产品说明书，求职信就是我们给自己写的一句广告。如果简历没有把公司想了解的信息体现出来，那么相信很多人在此阶段就被淘汰了。下面我们来具体说说。

不知所云

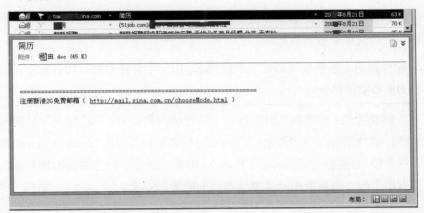

如上图所示电子邮件的题目叫"简历"，正文没有任何内容，附件里的文件叫"田.doc"，从信上看不到田先生（或女士）想要应聘的职位和他（或她）的基本信息。

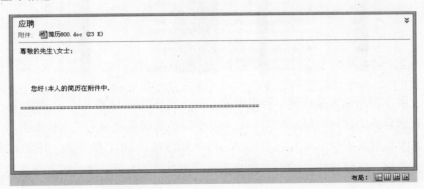

如上图所示电子邮件的题目叫"应聘"，正文为"尊敬的先生\女士：您好！本人的简历在附件中。"附件里的文件叫"简历800.doc"从信上也看不到该先生（或女士）想要应聘的职位和他（或她）的基本信息。

不能看出求职者想应聘什么职位、不能从电子邮件题目中获得基本信息、不能判断求职者明确意向的"三不能"简历被称为不知所云型。

不知所云型简历的基本特点是：

● 邮件的正文里都没有任何内容。

● 邮件的名称叫简历或者应聘。

● 附件里粘了Doc\DOCX\PDF等格式简历。

● 附件简历名称过于简要，比如文件名字叫"刘"、"简历"。

总的来说，以上信息不能传达出应聘者自己、应聘职位的有效信息，此类简历的下场只能是被直接删除。

如果再遇上某些公司用电子手段筛选简历，不合规范的简历就根本没有出现在HR面前的机会。

> **解决方法：**在投简历时在题目上就把所应聘职位、自己的基本情况写清楚。邮件题目写成"姓名+开发经验+应聘职位"，例"Andy Chen两年开发经验 应聘贵公司 Java 工程师"。如此，既能让对方对我们的基本信息有所了解，也可吸引对方继续看我们的简历正文。

一搞多投

如上图所示×磊在同一天里申请了同一家公司的11个职位，从经理、专员直到总监。这种同时应聘同一公司多个职位的现象被称为"一稿多投"。我就亲眼见过某大学生从Java程序员、PHP程序员、.NET程序员、开发主管、项目经理、研发总监、CTO一路投上去，把自己认为可以做的职位全都投了，还是在一天之内。

一搞多投的心理起因是不愿意丢失机会的心理。不少人认为只要把看起来适合或者感觉适合的职位都投了，自己总有机会被公司看到，从而被约见面试。可是这种做法给公司的暗示是：我没想好干什么！

自己都没想明白干什么的人，是很难得到面试机会的。

我在讲座时被问到："如果只投了一个职位，那公司每天看这么多简历，他们看不到怎么办？"我的回答是："正确的做法是：每天投一份简历给此职位。如果同时投十几、二十个职位，公司肯定能看到，但除了您的简历被删除不会有第二个结果。简历只是为我们争取面试机会用的，如果我们真的是天纵英才，适合从'程序员至 CTO'的所有职位，那也只应投一至两个岗位，以此为我们赢得面试机会。面试的时候再告诉公司，其实我这个人能做所有职位也不晚。"

> **解决方法：**投简历只是为我们赢得面试机会用的，每个公司投一至两个自己的背景和经验都适合的职位就可达到此目的。如果担心自己的简历被对方漏看，那么每天在固定时间发一封邮件给这家公司的方法可以解决这个问题。

一女多嫁

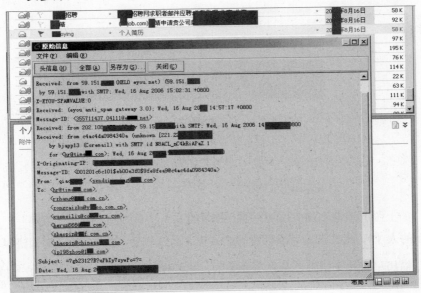

如上图所示，这位候选人用一封邮件，在同一时刻应聘 8 个公司的程序员职位。此现象并不少见，候选人为了节省自己的时间索性来个邮件群发。

打个不是十分恰当的比方，这就好比我在大学里谈女朋友，一天她突然跑过来对我说："Leo，我同时还有 7 个男友在谈，谁给我的条件好，我跟谁。给你们公平竞争的机会。"我会对她说："很遗憾，我没空。"

目前在国内，求职绝对是卖方市场，求职者的数量要远远大于职位的数量。如果候选人在投简历的时候就告知公司"我这人很图省事，你们的职位对我只是十几分之一"，公司只会把他（或她）的简历直接投入垃圾箱里。连投简历都嫌麻烦的人，很难想象工作起来会怎么样。

> **解决方法：**每封邮件只对应一家公司，投第二家时再重新发一封。如果我们操作熟练，重新发一封邮件的时间绝不会超过 10 秒。但是可能只是这短短的 10 秒就能为我们赢得面试机会。与此相反，同一封邮件同时发给 N 家公司，只会让我们失去 N 个机会。

关键词错误

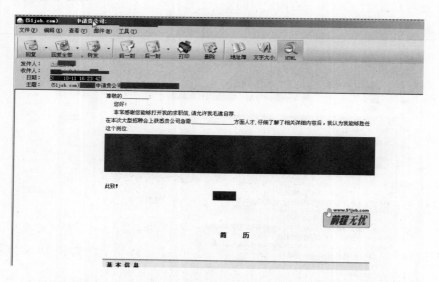

如上图所示电子邮件这样写到"尊敬的＿＿＿＿"、"获悉贵公司急需＿＿＿＿方面的人才"，此类错误足以导致候选人失去面试机会，被称为"关键词错误"。

简历里有几个错别字是在所难免的，但关键点有错误时就必然会被干掉。

比如公司名称的张冠李戴，有人投简历给 A 公司时写"得知贵 B 公司招聘程序员"。如果连公司名字都搞错了，"粗心"二字跃然纸上。

细心是工作的第一要求，太粗心大意被干掉实属必然。更有甚者还有人把自己毕业学校的名字都写错了，人民大学翻译成"Chinese's People's University"而非正确的"RenMin University of China"，还有些候选人用五笔输入法，一出现错字就很无厘头，根本不知道候选人想表达什么。

> **解决方法：** 每次认真一些，不要让自己投简历时死于粗心。如果一个人对自己都没有认真负责的态度，公司就不可能指望他（或她）把工作做好。Detail is Devil.

过于简单

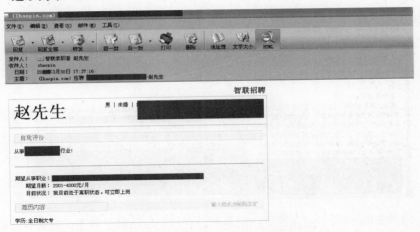

如上图所示，赵先生虽然在邮件标题里写明了要应聘的职位，可是同时简历过于简单，可以称为简陋。此类邮件被称为"过于简单"，不能提供招聘方给自己一个面试的理由，会被直接删除。

在本身不具备过多工作经验作为参考因素的情况下，对自己的在校情况还写得如此简单，那说明他没兴趣让招聘方通过简历更多地了解自己，那么招聘方也应该没有兴趣给这种候选人机会，不必浪费双方的时间。

> **解决方法：** 简历可以写得简洁，但不能写得简陋。把与职位相关的个人技能都写在简历里，至少给面试方约见我们面试的一个或者几个合理的理由。

啰唆

如果以上错误您都没有犯过，那么说明您已经掌握了写简历和投递简历的基本规则，应该说已经写得很好了。但以下这个错误您多半会犯——啰唆。

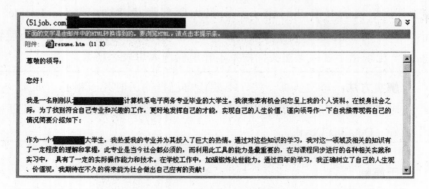

如上图所示，写了两段，100多字，都没进入实质性内容。

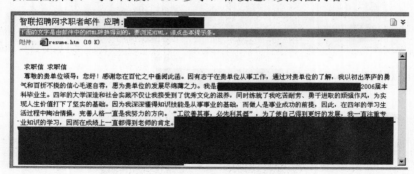

上面的邮件写了一大堆字，但其中没有只言片语对争取面试机会有帮助，大部分都是套话、废话，即对招聘方来说没有价值的话。

简历看多了会发现啰唆的现象很普遍，有些大学生想通过写些客气的语言表达对公司的敬意，但面试官也知道的事实是：大家都用相同的简历求职，无论应聘100家还是1000家都是这套说法，所以求职者根本不要期望能靠反复出现在简历里的话表现什么。招聘方想在简历里看到的是：

1．求职者的具体信息。

2．求职者的哪些条件适合职位。

3．求职者有哪些相关经验。

解决方法：还是那句话，"简历只是为争取面试而服务的"，所以应该简洁明了地提供与求职有关的信息，敬意可以留到面试或者入职后再表达，会有很多机会。

☞ **Tips：简历不要贴在附件里**

有网友问：Leo，您好！看了您发的一些帖子我有点疑问，请问除了在邮件中以粘贴的方式发送简历外，难道不需要将带有格式的简历发给求职单位进行备份吗？还有以什么样的格式发送比较合适？.doc 还是.pdf，或其他常见文本？

回答是：除非公司明确要求，否则不必贴附件。招聘公司时间有限，每天要处理上千封求职邮件，如果我们的简历在附件中，被对方看到的机会很小。

2.3　公司这么看简历

太多求职者在简历和投简历过程中的失败并非技术有问题，而是因为不了解招聘方审读简历的方法和细节。做到知己知彼，才有机会百战不殆。公司招聘每天面临的情况如下。

大量垃圾邮件

公司招聘用的邮箱是完全对外公开的，可以很容易被查到，由此带来了数量巨大的垃圾广告邮件，如果邮件过滤系统做得不好，每天至少可以收上百份垃圾邮件。上节我们提到的投简历时"一女多嫁"的错误，此类邮件很可能被系统识别为垃圾邮件而直接删除。

有些公司的招聘邮箱直接开放给研发部门的经理，那么经理上班的第一件事儿就是开始删没用的邮件。

只有不被识别成垃圾邮件，我们投的简历才会发挥作用，所以不要写邮件名为"简历"、"应聘"的简历，不要让自己的简历大于 1 兆，不要贴艺术照片。以上种种都是垃圾邮件的标志。

巨大的时间压力

人力资源有 6 大模块，在国内分量比较重的两个是招聘和绩效。虽然保留员工才应该是 HR 动脑筋的地方，但国内 IT 领域 15%的流动率让招聘成为各公司考核 HR 的核心指标。

从有职位空缺开始，到给部门负责人面试第一批候选人的时间被严格控制在两周左右。平均 100～150 份简历才会产生一场"看起来适合"的候选人的面试，第一轮面试如果是笔试至少要选出 40 名候选人（有超过 50%会在接到通知后莫名消失），这些候选人能进入复试的一般有 3～5 位，通过笔试后交给部门主管初试。如果运气好，只要推荐一轮就可以有候选人入职，但大多数情况下是 2～3 轮候选人面试过后，才能找到一位适合的候选人。

按上面的情况推算，初试推荐 1 名候选人，HR 就要看至少 1000 份简历。请注意这只是推荐 1 名候选人所要做的工作，大多数公司同时在招的职位应该是 20 个左右，否则设立 HR 意义不大。由此产生的巨大时间压力是每个 HR 和部门技术主管要共同面对的。

由此他们会更加认真看简历吗？

不会的。因为邮件太多他们只能看得很快，只有写得符合标准才有可能被约面试。

每周收到简历上万份，一份简历平均看 3 秒

中小规模的公司，1 个职位平均每天收到 50 份简历，20 个职位每天就会收到 1000 份，每周收到的简历邮件超过 6000 份。

很少有公司专门安排人看简历，即使是招聘经理面试也会占据工作的绝大部分内容。面对如此大量的简历，无论是 HR 还是技术部门主管，对待简历的态度就是以"减法"为主。删去不适合的简历，是公司选简历的基本法则。

一份简历只有 3 秒时间去抓住对方，不要惊讶，由于上面提到的种种原因 HR 或者技术主管要看的简历太多、任务太重，我们精心准备的简历和求职信只有这么长展现时间。如果抓不住开始的 3 秒，我们就会被简历的海洋淹没；抓住这开始的 3 秒，我们的简历将有半分钟至 1 分钟被审阅的机会。对方会认真看我们的学历背景、工作经验、期望薪水，然后决定是否约面试。

所以，不知所云的简历只会让自己被直接删除；拖沓的、充满敬意的简历只能让自己失去面试的机会；把简历放在附件中，希望对方打开来然后约我们去面试的几率小于 2%。

了解这些招聘方的真相之后，下面我们来仔细说说如何按以上特点来写好自己的简历和求职信。

2.4　正确撰写简历和求职信

2.4.1　"好"简历的要素

谈了简历的常见错误、公司面临的情况，本节分享"如何正确撰写简历和求职信"。

具备如下特点的简历被关注的机会相对较多。

● 　格式正确

正确的邮件名称为"××应聘贵公司××职位"。

注意：有些公司需要写明信息来源，比如"内部推荐"，我们要特别留意。通过三大招聘网的直投功能投递的简历在简历最开始都会自动注明来源。

● 　正确的邮件内容

建议大家把简历先在 Word 里写好，直接粘贴在邮件里发送，做调整之后以 TXT 格式发出，这样不会"变形"——对方看到的邮件内容和样式与我们发送时完全一样。除非公司要求，否则不要贴附件简历，更不要以 PDF 等格式发送简历。

● 　有简洁的自我评价

100 字以内，根据自己的学历、经历特点写明自己如何与应聘职位相匹配，是自己优势的总结，以抓住招聘方眼球。特别要说明的是，最好能写在求职信的最开头，甚至早于姓名、姓别这些基本信息。试想没有面试机会，那么对方即使记得我们叫什么意义也不大，但是我们如果能把自己的优势一上来就呈现给招聘方，他们自然会很有兴趣跟我们见面沟通。

● 　目的明确

简历要从始至终与所应聘职位关系密切。我本人如果应聘人力资源招聘方向的工作，之前 8 年的销售经验只会被一笔带过，简历的重点会落在我做猎头和企业人力资源方面的工作上。这会大大提高我被约面试的可能性。

● 　数字说话

简历里数字往往是逻辑和总结能力的完美体现。能用数字描述的地方尽量用。6 年 Java 开发经验要比多年开发经验让人感觉好得多。

● 有重点

言简意赅、极少错别字、又能突出自己的简历无疑更容易被关注。永远不要忘记，您的简历开始只有 3 秒左右的时间。

（简历模板在《程序员羊皮卷》一书中已提供，此处不再赘述。）

2.4.2 求职信二三事

需要写求职信吗？

"简历前面需要加求职信吗？"

回答是：看情况。

如果比较勤快：那么可以针对不同的公司和每个不同的职位，把简历和求职信都做适当的调整和修改，粘到邮件正文里发送给公司。如果求职者背景和资历都适合，这种方法是最容易让您赢得面试机会的。

如果想图省事儿：准备统一的简历和自我评价。针对不同的企业职位，写封不同的求职信。虽然比上一种方式赢得面试的机会少些，但可以节省大量时间。

总之，求职信加简历这种模式是被招聘双方都认可、同时又有效的模式。值得注意的是，针对每家企业用不同的求职信时不要大意，我之前收简历时就常发现：发给 A 公司的求职信里出现"尊敬的 B 公司领导，您好！"的字样，如此会直接导致我们被淘汰。

以下提供的求职模板希望在求职时对大家有所帮助。

求职信模板

求职信就是为争得一次面试机会在简历前面放的几个短句，是我们在产品说明书（简历）之外给自己写的商品广告。好的求职信会吸引看简历的人，让他有兴趣继续读下去，进而提供给我们需要的面试机会。不要在简历正文开始之前加上大段的个人描述或个人苦难史、决心一类的内容，这样做很幼稚。工作能否获得，靠的是能力、人品，而不是博得别人的同情心。

历史上比较成功的例子是东方朔，公元前 140 年以区区百言的求职信，为自己争得了在国家机关供职的机会，史书上说"武帝即位，征四方士人，东方朔上书自荐，诏拜为郎。"他是这么写的"臣朔少失父母，长养兄嫂。年十三学书，三冬文史足用。十五学击剑。十六学《诗》、《书》，诵二十二万言。十九学孙、吴兵法，战阵之具，钲鼓之教，亦诵二十二万言。凡臣朔固已诵四十四万言。又常服子路之言。臣朔年二十二，长九尺三寸，目若悬珠，齿若编贝，勇若孟贲，捷若庆忌，廉若鲍叔，信若尾生。若此，可以为天子大臣矣。臣朔昧死再拜以闻。"

在这短短一百多字的求职书信中，东方朔讲了自己的身世、年龄、外貌，讲了自己的学识和能力、学术成果，又讲了求职的目标。有理有据、言简意赅、没有废话。希望大家能从中得到些启发。

写求职信首先应该有一个框架性的模板。

　　××公司负责人，您好！

　　我是×××，毕业于××。具我所了解，贵公司是一家专业的××公司（后面加上一句从公司介绍里复制下来的有关公司主要业绩和发展方向的描述）。我××的经验，为我在贵公司供职提供了极大的便利，这会大大提高我在贵公司××工作的效率和成功率。

　　本人自信能担任贵公司×××一职，原因如下：

　　1.

　　2.

　　真心希望加盟贵公司，望近期能有面试机会。

　　以下是我的简历请查收。

发邮件前，用 5 分钟看一下您要应聘的职位名称、公司背景是什么。了解应聘的职位和公司后，利用上面的模板花 1 分钟写封求职信来提高我们被约见面试的可能性。

先把该公司名称写在"××公司负责人，您好"！的"××"部分。写明自己的姓名、毕业学校。把从公司简介里粘出来的一句您认为最能概括他们公司的话粘贴在"贵公司是一家专业的××公司"的××位置上。

然后，把自己应聘的职位粘在"本人自信能担任贵公司×××一职"的×××处。仔细考虑之后写上至少两个自己适合这个公司的理由。

最后把统一的简历粘贴在求职信下面，单击发送。

2.5　投递简历最大的小秘密

请看下图这些求职邮件。

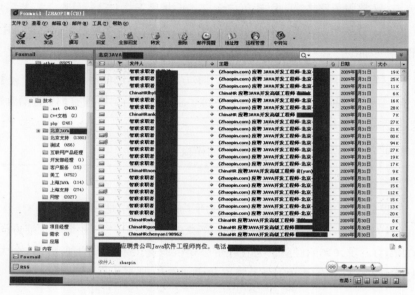

它们的共同特点就是都非常近似。

问题：如何能让我的简历更醒目、更容易被看到？

误区："应聘 Java 程序员职位"这样的邮件标题通常只有 35% 被阅读的可能，或者被其他简历淹没掉了。

答案：在邮件标题上下工夫。

"我有工作经验，怎么才能让我的简历脱颖而出？能让公司给我一个面试的机会？"浏览简历超过百万份之后，我的回答是：**有效的邮件标题**，这就是投递简历最大的小秘密。因为无论怎样，让 HR 接到您的邮件并且打开阅读，才有可能继续后面的程序。

值得一提的是，"无论我们写简历时有多认真，根据我之前做的统计，最终一份简历被 HR 看到的机会不超过 35%"，因为投简历的人实在太多了。99%

的候选人所发的邮件从标题到内容都很类似。就我目前所在的公司来说，如果同时在三大招聘网上发出职位，同一个职位每天可以收到 800～1000 份左右的简历，一般情况下至少有 20 个职位在招，这意味着每天上班就至少有 16000 份邮件（即 800×20）在等着我。我的工作不仅仅只有看简历。多数时候，我看 30%就是 4800 封，然后从中选中合适的候选人约他们来面试。在更大的公司，虽然招聘组会有更多的员工，但简历也更多，我们的简历被看到的几率有时会远低于 35%。

可能有的朋友认为不公平，但很遗憾，这是事实，即使有工作经验，邮件标题写得不好也会遭淘汰。提高标题有效性，能让我们的简历被看到的几率大大增加。按下面的方法我们的简历被看到的几率可以超过 85%。

比如，Carl 是计算机专业，应聘某公司 Java 程序员职位。通常邮件标题会是："应聘贵公司 Java 程序员"或者"Carl 应聘贵公司 Java 程序员"。而我说的有效的标题并不是这样。

有效的标题应该这样做！

读懂职位描述。

公司发布招聘职位时都会带有职位描述（JD），也就是应聘这个职位需要具备的条件和将从事的相关工作。JD 可能有 20 条，能读懂其背后的意义是正确拟定标题的基础。让我们来看下面的职位描述。

招聘职位：程序员

职位描述：

1. 负责业务运营系统的设计和开发工作；

2. 负责编写软件相关的设计和技术文档；

3. 软件设计、开发、单元测试工作。

职位要求：

1. 本科及以上学历，2 年及以上的 Java 开发经验；

2. 熟悉 HTML，JavaScript，JSP，Servlet；

3. 熟悉 Struts2/Spring/Hibernate 等框架，有实际项目经验；

4. 熟悉 Ajax 技术，了解常用 Ajax 框架；

5. 熟悉设计模式，熟悉 UML；

6. 熟悉 Oracle，SQLServer，DB2，MySQL 等数据库之一，能够熟练地使用多种数据库的操作；

7. 具有良好的沟通能力和协调能力，优秀的学习能力，具备良好的团队精神，能承受工作压力，富有进取心。

其中最重要的点是职位要求的第一条，那么"计算机专业+2 年以上工作经验"，就是邮件标题的主要素材。

对职位描述的每一条都进行认真分析后对比自身。

虽然从 JD 上看，公司准备找个完人，但是请您放心，公司发布职位时也只是把能想到的点进行罗列，至于哪个需要"熟悉"、哪个需要"精通"，发布职位的人也并非全清楚。

我们的对策是：总结出自己适合此职位的特点，从相关专业、有相关工作经验、有相关行业背景一直到离家近，路上花的时间少可以有更多时间投入工作。能想到的全列出来，然后从中选出三条我们自己认为最满意的，以此作为邮件标题的素材。

比如，针对刚才的职位描述：熟悉 JS、Hibernate 框架、Oracle 数据库这三点是我们自身的优势，那其他技术要求基本不用考虑。如果公司所用并非我们所长，即使应聘成功也只会给自己带来痛苦。

接下来，把素材简化后写进邮件标题。

标题写法一般可以按"经验、学历、其他"这个顺序，当然也可以做相应调整。比如，如果程序员要求有某种资格证，那这个有证的特点就需要放在首位。这样，邮件的标题会是"中级程序员证书+计算机专业+3 年开发经验"。如果认为很有必要，再在后面写"××应聘××职位"。这种样式标题的简历被 HR 打开的可能性超过 85%。

简历就是为争得面试机会服务的，有了面试之后我们就迈出了走向成功的第一步。在此之前，先拟个有效的简历标题吧！

2.6　找好关键点脱颖而出

用好的邮件标题吸引对方走进我们的简历之后，就是写好简历之中的关键点，不然我们的求职邮件就变成了表面光鲜、肚里扁扁。别人看到吸引人的题目后再一扫简历正文，感觉有货才会约我们面试。

2.6.1　辨清"了解"、"熟悉"和"精通"

1. 熟悉 HTML，JavaScript，JSP，Servlet；

2. 熟悉 Struts2/Spring/Hibernate 等框架，有实际项目经验；

3. 熟悉 Ajax 技术，了解常用 Ajax 框架；

4. 熟悉设计模式，熟悉 UML，熟悉 OOAD；

5. 熟悉 Oracle，SQLServer，DB2，MySQL 等数据库之一，能够熟练地使用多种数据库的操作。

以上的字样如果出现在招聘方的 JD 中，这说明发布职位的人为图省事把全部技能一股脑写成熟悉，这样做并不会影响公司的招聘信度；但是以上字样如果出现在求职者的简历里，对不起，您被淘汰了。原因很简单，现在是卖方市场，求职者远多于职位数量，发布职位的人可以不认真，这不会让他失业，求职者则必须认真，否则只能让自己丢失机会。

虽然 JD 写得像是在招聘天才，但公司清楚真正的天才很少来应聘，所以他们最后比较的就是简历里有 N 多个擅长的求职者。

对求职者而言，分清"了解"、"熟悉"和"精通"非常重要，把这些信息明确写在自我评价或者技术技能栏里可以为自己争取更多适合的机会、淘汰错误的机会，并节省时间。

了解：听说过、见过，明白其中的基本原理。因为精力有限，关于技术的绝大部分内容，我们应该是处在这个层面上，如果职位描述里没有特别提到我们只是达到"了解"层面的知识，建议不写在简历里。

熟悉：对某种技术或学问学习得很熟练或了解得很深刻。能运用相关知识解决一般问题，比如，用 PHP 语言实现某项网站功能。我理解程序员至少熟悉一种开发语言、一种数据库操作和一种设计模式。

精通：透彻理解并能熟练掌握。可以用知识解决很复杂的问题。同样是做开发，我认识的几个朋友就能经常为其他编程兄弟解决开发方面的疑难问题，能做到这一步的应该可以被认定为精通某种语言。

把这些信息分清之后，列出我们所有了解、熟悉、精通技能的表格，针对不同的公司、不同的职位做裁减，把信息放进自我评价之中。简历里写明自己正常掌握的东西，只会对我们以后工作带来方便。从事自己真正擅长的工作也有利于我们更快提高。

2.6.2 简历内容要体现特色

自我评价

个人信息之后就是自我评价，除了上面提到的技术特长的介绍之外，还应该有一些关于其他方面的描述。

反面典型——千人一面

> **自我评价**
>
> 性格稳重，开朗，人际关系处理得当；思维严谨，敢于面对困难和挑战；为人诚恳，具有良好的团队合作精神和自学能力，并具有很好的分析问题与解决问题的能力；工作积极上进，对 IT 领域的软件开发和设计工作有浓厚的兴趣。

以上就是个很典型的例子，且不说其中一会半角、一会全角的标点错误，就其中描述而言，可以放在任何一位程序员身上，绝对不会出现任何问题。相似的例子还有很多，像下面这几个全是"万金油"式的。

> **自我评价**
>
> 1. 待人热情，为人大度，有全局观念。
> 2. 有强烈的集体荣誉感和责任感。
> 3. 能吃苦耐劳，能承受一定的工作压力，能适应出差。

> **自我评价**
>
> 诚实，积极上进，为人谦和，对工作认真负责。勤劳刻苦，做事主动，细心，耐心，有条理，具备良好的沟通、组织和表达能力，具有很好的团队合作意识和团队领导能力，强烈的进取精神、求知欲望和学习能力，实事求是的态度和自我管理能力。

在自我总结方面正面词汇的方面如果能跟上事例，只需要几个字的介绍就可以让这个特点凸显，这要远比一大堆正面词汇的堆叠更能吸引招聘方。

正面典型

自我评价
开发能力强，参与过 3 个大项目的编码工作，代码累计 100 万行； 　良好的管理能力，有 2 年带领 10 人团队的开发经验； 　突出的协调能力，曾同时参与管理 5 个项目的开发，能做到合理分配时间和精力，没有项目 Delay。

项目介绍

项目经历多在自我评价后面，谈到工作经验和项目经历时，最常见的问题就是过多介绍项目。

反面典型——只见项目不见人

项目时间	项目名称及简述
2002 年 到 2003 年	文档管理系统 职责描述： 负责整体的需求、设计及编码。 项目简述： 文档管理是结合项目管理在项目建设过程中形成大量的文档资料，包括设计图纸、合同、文件等，以及企业的其他文件，科学、高效地管理这些文档资料，分类保存，并建立各种文档资料与项目/任务的关联关系，使每个项目相关人员都能够快速、准确地了解每份资料的详细情况。 开发环境：ASP.NET+C#+SQL Server 2000

以上就是个很典型的例子，求职者介绍项目和开发环境用了 135 个字，介绍自己的工作责任只用了 19 个字。公司如果没有从我们的项目经验中发现长处和优势，那自然也不可能让我们去面试。招聘方想找合适的应聘者，并不打算买应聘者曾经开发的产品和项目，所以还是多介绍我们自己，少介绍项目。

正确的写法是：

● 项目介绍用一句话。

- 工作职责推荐详略得当，反映实际水平。

- 多用定量、定性词以反映实际水平。

- 体现程序员本人在项目中的成长与进步。

正面典型

项目时间	项目名称及简述
2002年到 2003年	某大学健康产业信息平台 使用技术：该项目用 Portal 产品进行搭建和开发 开发工具：Idea 职责描述：Portal 环境搭建和 Portlet 开发；编写应用评价报告，详细阐述 Portal 的应用经验、遇到的问题和解决办法。 某地市电子政务办公系统（JavaOA） 使用技术：Jsp＋Servlet＋Javabean 使用数据库：LDAP＋Oracle 开发工具：Idea 职责描述：负责 JavaOA 框架设计、框架开发、底层程序的编写、页面编写

有了让人眼前一亮的标题、到位的自我评价、清楚的项目介绍，相信可以大大提高我们投简历的成功率。

第 3 章

面试篇——掌握秘诀应对面试难题

如果把工作比喻成结婚，那面试就是相亲，双方利用此机会相互摸底并为未来勾画出蓝图。如何让我们能在面试的短短几十分钟里准确展示自己，并了解招聘方的真实情况？本章将给您答案。

3.1　技术笔试考什么

以下是 2009 年 10 月《电脑爱好者》就技术笔试对我采访的部分内容，希望对大家有所帮助。

1．IT 企业的笔试、面试考题一般可以分为几种类型（例如逻辑类、编程类、专业类等）？这几类分别能够考查毕业生的哪些素质？

答：其实各有各的分法，不过您已经自己回答了这个问题，大体分两类：笔试和面试。无论是笔试还是面试，都在考查学生的专业知识水平、沟通能力、分析解决问题的能力和逻辑思维能力，侧重点略有不同而已。

2．对员工要求较高的一些企业，往往会出一些智力题（例如微软的题：烧一根不均匀的绳需用一个小时，如何用它来判断半个小时？），这类题型能够考查学生的什么素质？是否有科学性？这种题目是否是学生通过训练能锻炼出来的？

答：您的问题问得很好，这类题是考查学生分析和解决问题的能力的，直接回答"我不会"或者说出个时间都不是很好的回答方法。重点应该放在展示自己理解问题、解决问题的思路方面。如此问题并不打算马上要个准确答案。

如果说有提前准备的余地，那决不是背什么题库——道高一尺，魔高一丈，掌握解决问题的思路、有效地展示自己才是王道。

3．针对企业的笔试，应届生是否可以提前有针对性地做技术储备或者干脆背题？

答：平时多学、多看，做些技术储备肯定是个好方法，但是临阵背题怕是既不能解决眼前的问题，也不能解决长远问题。另外，企业技术笔试的目的不但要考查求职者的技术水平，还有思维的缜密性和灵活性。我就知道有些企业会把题目本身故意出错或者有二义性，看求职者如何应对，借此考查求职者的思维与应变方式。

4．企业更看重毕业生的哪些条件（如思路、对相关专业基础知识的掌握等）？

答：笼统地回答就是综合素质。思路肯定是考查的重点，至于专业基础知识我的意思如下：当同学们应聘本专业相关职位时，大学生因为经验不多，招聘时唯一硬性的能考查到的指标就是专业基础知识，而专业知识是通过成绩来反映的，所以，上大学的时候请好好学习，希望现在说这话还不算太晚。

3.2　请介绍一下自己

最古老的的面试开场问题就是"请简单介绍下自己"，正是这个简单到不能再简单的问题里包含着莫大的玄机。

有几次我面试的候选人对此问题的回答给人感觉很不靠谱，他们说："简单介绍？简历上不都有吗？还需要介绍？"相信他们的回答代表了部分面试者的想法。面试官会想："如果简历上都有的话，那么我们完全可以看简历通知入职了，根本不必面试。面试的目的就是双方互相加深了解的过程。"更多的面试者回答此问题时给人的感觉就是在念简历："我叫×××，毕业于×××学校，之前在×××公司工作……"既无法引起对方注意，又让人感觉乏味，同时还不能让面试官考查到想考查的点。

如何回答这个看似简单的问题，让我们跟面试官介绍之后能为自己赢得复试甚至是入职的机会呢？只要能做到以下三点即可。

● 明确对方意图

能准确回答对方提出的问题，只基于一点，即明白对方提问的意图，搞清对方想了解些什么。"请简单介绍自己"问题的背后包含着面试的最基本法则，也几乎是所有面试问题的基本所在，招聘方希望通过候选人对自己的介绍，补足简历之中没有的部分，继而判断此人是否合适或者是否有能力胜任其所应聘的职位。

- 准确表达自我

让对方更充分地了解我们的同时，突出自己的优势、特长，从而达到让自己在众多候选人中胜出的目的。每个人的答案可能都不同，但好的自我介绍都很相似地包含着几个方面的内容。下面说个我听过的一个比较接近完美的回答。

📖 案例 3.1　完美的自我介绍

Diana 之前在无线领域最大的公司 B 公司工作，到新公司应聘是这样介绍的："因为学的是计算机科学与技术，毕业之后 1 年我做的是软件测试，主要是教育软件方向的。后来一个朋友在 B 公司做总监，我就去了那里。3 年时间里，从测试工程师做起，目前做到高级开发经理，负责全线产品的研发，主要支持 WAP 和 IVR 产品。最近 B 公司的高层人事地震，公司的前途不明朗。所以，现在为自己寻找一些机会。我的优势在于擅长技术的同时对产品和业务的高度熟悉。团队组建、执行能力强，在 B 公司我的团队每月都能达到或者超过公司制定的目标。个人的缺点就是因为对业务的熟悉有时听不进不同意见。针对这个缺点，我近半年一直鼓励下属提出对项目的不同看法，提出的意见错了不追究、正确的有奖励。职业发展方向上，我会继续在无线领域从事研发，希望找一家有实力的公司，能真正做些事情，发挥自己的特长。贵公司做系统集成起家，具有一定的实力，同时无线领域刚起步，上升空间会比较大，目前看来是我的一个比较适合的选择。"

通过简单的介绍，Diana 表现出思路超级清晰、做事很有条理的特点让自己赢得了机会。

好的"自我介绍"包括以下几个部分：经历、应聘此职位的优势、不足、个人职位方向、为什么选该公司。从这几个角度进行准备，反复练习相信您也能把握住难得的面试机会。

- 注意介绍时停顿和留白

凡事不能做尽，如果在自我介绍之后，让对方问不出任何问题，必将面临无话可说的尴尬。从心理上讲，面试官在面试中如果只问了一个问题，然后无话可说估计他会感觉比较失落。所以适当留白，让对方在我们设置的"陷阱"处提问。比如"我曾在大学期间组织过有 2000 人参与的大型校园活动"之后的停顿，对方定会追问"是什么样的活动呢？"接下来我们再从容不迫地介绍项目，体现自己的能力。

所谓"留白"就是在自我介绍时不要提及我们之前的薪水和期望薪水。刚开始面试时，双方不够熟悉没有达到相互认可的程度，所以，轻易谈及薪水会给面试官过分自负和浮躁的感觉。等对方对我们的能力有所认知之后，面试官会主动提及薪水，诸如您之前的薪水是多少、福利情况如何，以及您来我们公司的期望薪水是多少。

总之，简单的问题背后有着复杂的逻辑。只要我们能做到了解对方意图、准确表达自我以及适当留白，必能让我们掌握面试常胜的钥匙。

☞ Tips：完美表达体现职业素养

成功绝非侥幸。相信 Diana 在面试以前做好了极充分的准备，也进行了练习，所以才能在面试中表现如此完美。她的自我介绍已包含了面试官想了解的几乎全部问题，这体现了她对自身和面试过程的了解，同时她还应该做足了"功课"，知道公司对这个职位的素质要求。

Diana 抓住了面试的机会充分地展现了自身的职业修养。

3.3　面试失败，您会怎么办

现在求职压力越来越大，很多人求职之前都"读遍"面试秘籍，以期掌握相关方法，准备一招或者几招搞定面试官——求一战成功。这种状况经常发生，通过面试测出候选人的真实水平的难度越来越大，这给面试官提出了更高的要求，与时俱进的问题于是层出不穷。"如果这次面试失败，您怎么办？"就是其中很典型的一个。

在面试时，我们都倾向于强调自己很适合应聘职位，以及自己对这份工作的渴望、对公司的仰慕。很多人乍听这个问题时本能反应都是一愣，随即支支吾吾地说不出什么的有之——问题太突然没反应过来；表示会继续努力不怕挫折再来应聘者有之——表示自己有着坚定信念，争取更多印象分；表示会另寻别家者也有之——灵活些吧，总能找到工作。

但这些都不是最优答案，都还有优化的余地。类似的古怪问题，很多时候面试官自己都没有准确或者唯一的答案。这类问题无非想考查两点，即候选人的应变能力和逻辑分析能力。问题一出，马上给出确切回答的人一般都会先落下乘，这种人最多算是反应快，但逻辑能力如何则完全没有测量出来。如果这种问题达不到面试官期望的效果，后面可能有更刁钻的问题，类似"中国有多少烟囱"之类的问题跟着被问出来也不一定。这很像英文口语测试，第一个问题如果被测者没听明白，考官只能换个问题，多数情况下第二个问题难度更大。

那如何回答是好呢？

重分析、有方案是回答此类问题的原则。

📖 案例 3.2 失败我能正常面对

研发项目助理马娜是这么回答的。

"这次面试结果是我没通过，我会先从自己身上找原因，分析问题所在。是面试没有表现出自己真实的水平，还是自己没有丰富的知识。面试如果没表现好，我会再次争取机会，毕竟水平不差只是发挥的问题。如果确实是自己有知识方面的硬伤，我又非常认同贵公司，那么尽快把短板补上，再来应征就是我要做的。当然，也有可能就是通过面试，您也可能感觉我并不适合贵公司的文化。这应该是个性方面的问题，很难在短时间内有变化，所以估计我会最终失去到贵公司工作的机会。但无论如何我都要感谢您的时间，同时我还会请您指教我在此次面试中的不足或者需要提高的地方。明白自己的不足加以克服，让自己有所进步，在工作中表现更出色。"

马娜的回答分析了问题，即把情况分为可以短期内解决的和不能在短时间内解决的两类，然后提出方案，即争取后仍可能成功和必定失败的应对方案。这种回答既让面试官看到了她的逻辑分析能力，又不失时机地为自己加了分，此答案应该是比较完美的。

我们有理由相信，绝大部分面试官都会希望马娜这样的人能加盟公司成为自己的同事。面试官的原则是：没有人是十全十美的，只有要不断提高自己的意识同时具备相关的能力，那这就是个优秀候选人。这种人绝不能放过，这种人能到自己的公司一定会做出超值贡献。

很多人面对刁钻的面试问题时总是无所适从，有些还提出"您问这些有什么用处？您有正确答案吗？"之类的疑问。面试官有没有正确答案并不重要，他们想通过这类问题让候选人展示真正的自我才是最重要的，有没有解决问题的能力、是否具备逻辑思维才是最重要的。这就像英语面试中面试官常只问"Please introduce yourself."一样，面试官英文水平可能并不高，但他可以从候选人的回答中判断出其英文水平，这就足够了。

面试的信度也就在于此。

3.4　您的缺点是什么

招聘方常问："您觉得自己有什么缺点吗？有哪些需要提高的地方，能否举出一个自己的失败案例？"

得到的回答有：

"应该有很多，但没总结过。"

"没感觉有什么缺点。"

"太要求完美，对自己太严格。"

"太认真，已经到了苛刻自己的地步"

回答"没总结过"和"没感觉有什么缺点"是对自己认知不足或者不想回答这个问题，这会直接引起招聘方的担心，万一求职者的缺点刚好是职位所必需的要求，那此人入职则会害人害己。

"太要求完美、太认真"之类的回答是企图用看起来是优点的答案回避有关"缺"的问题。看起来聪明，其实多半是自作聪明，招聘方完全听得出来其中的意思。由此也可以得出求职者对自己认识不清并多半擅长取巧的印象。

问"缺点"无非要考查两点，其一，应聘者对自己的认识是否全面，有没有意识到自己有不足和需要提高的地方；其二，认识到不足之后，是否具备了弥补不足的意识和能力，后面才是重点。

与此相对，回答问题的核心就是有弥补不足的意识和能力。

曾有个项目经理的回答基本可以算标准答案："因为多年从事项目管理工作，我有时对新人的意见不够重视。但是意识到此问题之后，我试着放平心态听取新人在项目中提出的意见和建议，毕竟他们是新进入项目组的，可以提供新的视角。我不会因为具备经验而拒绝成长。"

提及不足之处代表有自我认知能力，然后拿出解决不足的方案和办法以体现我们的专业水平。

3.5　没有学历证怎么办

很多求职者认为学历是应聘的敲门砖，如果没有学历证应该怎么办？

📖 案例 3.3　没学历证也能成功求职

张勇在接到 AA 科技公司的 Offer 后主动给公司的 HR 打了电话"您好，我是张勇，收到贵公司的 Offer 我很高兴，谢谢！但是在接受贵公司的职位之前，有件事我想跟您说明一下。简历上写我今年毕业，但是实际上我并没有拿到学位证书。原因是有两门课没有通过，通知补考时，我在北京实习，补考安排在第二天上午，我无论如何都赶不回学校了，所以……"

HR："明白了。"

张勇："因为之前我对自己能否成功应聘贵公司没把握，不希望因为学位证书的问题影响公司对我的评价。同时，我希望在进入公司之前，公司能了解我的真实情况。"

HR："好的。我会与部门沟通一下，尽快通知您答复。"

……

研发部经理听到这个消息后，只考虑片刻之后即同意张勇入职。理由很简单："此人的开发能力足以胜任公司的工作。诚实并足够聪明，能准确把握谈学历问题的时间。学历并不是部门最看重的，能力才是。"

张勇用真诚和智慧为自己赢得了工作机会。

首先，虽然工作机会很难得，但张勇选择了明智之举。他没有选择用说谎或者做假证的方法去掩盖自己的问题。绝大多数公司新人入职都会有验证（检查相关证件的真实性，包括身份证、学历证、学位证等），我们曾经见过某些候选人因为不能提供相应的学历资料而在入职的最后关头落马，也曾经见过提供了虚假资料被公司发现后开除的员工。其次，他把握了正确的时机，在得到公司对自己的认可后说出了自己没拿到毕业证的事实。招聘方对他的工作能力有了认识和了解，也欢迎他加盟，是否有毕业证作为细节虽不会对结果影响太大，但是如果一瞒到底就是人品问题，多半会被公司开除，不对公司隐瞒真实情况反而让他得到了公司更多的信任。

求职者在描述自己或多或少存在的"问题"时都应该秉承一个原则——"**诚实而不鲁莽，坦率而有策略**"。说谎固然是要不得的，但毫无技巧地直接把自己存在的问题讲出来，也不见得是件好事。试想如果张勇在简历里就写明自己无法马上拿到大学毕业证，可能连面试的机会也不会有。

3.6　没完成任务，您会怎么办

我曾跟 HR 同仁在一次线下聚会上，总结了几个大家认为提出后比较能客观反映候选人水平的问题。下面我来分享其中一个："如果完不成公司安排的任务，您会怎么办？"

类似问题面试时出现频率适中，可是一经问出都能决定面试的成败。原因主要是能问出这种问题说明了：要么面试官对求职者的各项能力还没有把握，要靠这个刁钻问题确认；要么面试官感觉求职者比较优秀，有成长潜力，想用这个问题考查一下应变能力。

被问到"如果完不成公司安排的任务，您会怎么办？"之后，多有以下几种典型反应。

懵懂无知型

回答："完不成的话，我准备重新开始找工作了。"或者"软件项目不都 Delay 吗？"这么回答就没理解提问人的意图。如果换了份工作还是完不成任务怎么办？

超级自信型

回答："怎么可能完不成的？这种事儿从没在我身上发生过。"此类求职者多半是因为工作经历太少，干得少当然完不成任务的可能性也小，有些人干脆没干过实质性工作。同时，他们也没有认识到，完不成任务在现实之中是有可能发生的。总之，以上回答都出于自我认知不清。

马上检讨型

回答："那就是我做的有不到位的地方，我会总结教训，下次不再犯类似的错误了。希望公司能再给我机会！！！"这么回答的人在现实之中很多，多半是求职的书看多了，知道"有问题先从自己身上找原因"这条基本原则。

请仔细想想，真的发生了类似的事情，检讨自己的人并不多，多半是责怪公司资源不足、领导无方或者同事不配合，所以"自我检讨式"回答可信度相对低。在职场上，我们完不成任务、发生了问题，只真心地检讨说以后不犯是远远不够的。这多半只能说明我们无能，公司不会保留无能的员工。有朋友可能会问："这不是难为人吗？到底怎么回答好呢？"

搞清事实、分析原因是回答问题的基本原则。

📖 案例 3.4　项目经理谈失败

"请问是因为我个人努力的原因没完成，还是因为有些客观因素呢？"应聘高级项目经理的葛莹面试时以上面的话开头。

"说得好！"这是我当时心里的第一反应。分析问题的能力是每个人需要具备的基本职业素质，很多人也都写在简历里，但真能在面试时体现出来的人不多。如此开始不但体现出了自己的分析能力，还在问题中预设了陷阱，体现出了自己的智慧。如果我说："是您自己个人不够努力导致的。"那答案很明显，她只要回答可能是业务逻辑或者技术架构不够熟悉，下次加倍努力即可。那么，我只能说："有些客观因素导致的。"现实中，我也是这么回答的。

接下来就是葛莹再次展示自己分析能力的时间，她认真分析了可能导致任务没有完成的因素，包括公司的决策、受大环境影响、团队配合度、项目人力资源配置和凝聚力等。分析了这些因素后，她就如何克服这些因素导致的负面影响逐条给出了自己的想法，最后甚至拿出了把此次的损失降低到最小的预案。

如果说 100 是满分的标准，那么葛莹的得分应该是 120 分。在分析问题方面，其具备项目经理所需的素养和能力，熟悉业务和公司技术环境后，相信她必能胜任这份工作。

后来葛莹的发展正如我当初的预计，通过复试进入公司 6 个月后就由高级项目经理升职为研发总监助理，协助研发总监管理公司大部分项目。

可以肯定的是像其他求职者一样，葛莹在面试之前针对此类问题应该有所准备。但是为什么有些求职者准备之后，还是给出了类似"我回家检讨下自己"这样的答案，而非精准到位的分析呢？我来说说准备面试问题的方法。

● 决不背题

想清楚面试的本质是双方相互了解的过程。想靠背诵可能出现的题目以求得工作机会的可能性不大。道高一尺，魔高一丈，面试官出的面试试题也每次都有不同。同时，硬生生背出来的答案因为不是自己的，对方听起来也是硬生生的，很难给自己加分。

● 掌握核心

既然是双方互相了解，那么最好的方法莫过于在面试之中表现自己的本色和特点、准确展示真实的自我。每个问题都应该是本色回答。没有天生的说谎者，我们在造假的时候，面试官都能感觉到。准备面试时，可以没有技巧，但必须诚恳，这是唯一的原则。

3.7　离职原因是什么

有人曾把所有的面试问题总结成"面试题库大全"，里面有 1 万多道题目，分析之后发现回答不好就能直接导致面试失败的绝不超过 10 个。"为什么离开上家公司？"就是一个，除了完全没有工作经验的求职者，否则此问题是每次面试的必答题。

我见过各种不靠谱和让人啼笑皆非的回答。不知是受了某些求职专家的误导，还是看了粗制滥造的求职书，很多人都会告诉我"因为家里有事，所以辞职"。这种情况多半会被追问："您说与之前公司的相互认可度很高，那家里事处理之后，为什么不想办法回这家公司呢？"

求职者："走都走了不想回去了。我想看看有没有其他机会。"

如此回答，立刻会引起面试官的怀疑，既然像您说的在公司做得那么好，为什么家里的事情处理好之后不回去呢？经验丰富的人都会知道，人才是公司最宝贵的资源，适合公司的人才实在太难找了。如果是真正的人才，公司绝对不会因为他家里有事请假而与他或者她解除劳动关系，公司会为人才保留相关职位。

还是那个道理，如果面试官认为求职者在说谎，不必证明什么，直接淘汰就是了，淘汰一个人的成本要比一个说谎者进入公司后给公司造成的成本小得多。为保险起见，在"为什么离职"的问题上回答不好的，大多会被淘汰。淘汰背后是 HR 的隐忧，求职者离职是与之前公司有不愉快，可能是上下级关系处理不好，可能是不能融入团队，甚至可能是经济问题。万一真实情况如此，求职者是绝对不能进公司的，即使技术面试已过关。HR 在对候选人负责的同时更重要的是为公司负责。绝不能因为不当招聘，给公司招来损失。这就是为什么面试时高淘汰率——"宁可错杀，绝不放过"的真正原因。

至于"上家公司不适合我""为争取更好的机会"的答案同样危险，除非有很合理的解释，否则会让面试官感觉"很虚"——求职者企图隐瞒离职的真正原因。曾有个求职者从世界上最大的广告公司离职后，到某科技公司面试时提到离职原因，她说："我认为你们这里比我之前的公司更好、更有发展、更适合我。"要知道当时她应聘的公司是家 30 人左右、成立不到 2 年、还没有什么大起色的网站开发公司，公司也没有承诺高薪和高级职位给她，这个不合逻辑的回答显然有问题。

我面试的求职者人数过万，只有少数几次"家中有事的"离职原因被接受。其中一位面试者说："爷爷去世了，我跟爷爷感情非常好！所以需要时间调整。"边说边掉下眼泪，此情此景不容我不信。

除了毕业第一次求职，每个人都离职过。应该怎么回答离职原因的问题呢？

还是那句话："诚实而不愚蠢、实例说话。"

● 诚实第一

如果不是确实"家里有事"，那么请别说类似会被看穿的谎言，永远不要低估任何人的智商和能力，尤其是身经百战的 HR 的判断能力。

诚实但不要愚蠢。如果前公司充满内部斗争很黑暗，领导也很浑蛋，请不要告诉我们要面试的公司，说出来就叫做愚蠢。新公司对我们的老东家情况多半没有任何兴趣，他们只想知道我们是怎样的人。过分强调公司的阴暗面会让面试官反感，公司就像人有光明面，但也没有十全十美的，只能看到阴暗面的人是公司绝不会聘请的，因为新公司肯定也不够完美。

● 实例说话

理论之于实际多苍白无力，现实之树常青，与其说"我没有发展空间了"，不如把现实的情况说出来。比如，我到公司已经 3 年了，取得了长足的进步，部门经理很认可我。但无论是从职位还是从薪水上都没有得到公司应有的认可。我多方了解知道公司近期也不会给我升职。我感谢前公司对的培养让我成长，但公司给我的回报已远低于我的市场价值，所以，我选择了离开，寻找能真正体现自己价值的公司。

我曾听到的另一个很让人信服的答案是："因为内部斗争的问题。邀请我进公司的总经理离职后，他招聘的人都被有计划地'清洗'。我很想再为公司做贡献，但人家再不给我机会了，只好找新的工作。"只要我们不是内部斗争的发起人和操纵者，因内部斗争而离开并不是企业绝对不能接受的。

3.8　客观评价之前的公司

新东家有一天也会变成老东家，所以，面试时对前公司的评价非常重要。

📖 案例 3.5　因抱怨被淘汰

吴双是计算机专业出身，毕业之后在 E 公司工作了 4 年，因为对自己的待遇不太满意，他开始寻找新工作。在去 E 公司的直接竞争对手 F 公司面试时，HR 问："我们和您之前的公司是直接竞争关系，我想了解 E 公司的技术总监是怎么评价我们的？"

吴双："您是说 E 公司的技术总监 Lee？其实，E 公司做事本身不地道，我作为内部员工也要说说这事，他总是打压竞争对手包括你们。"

HR："他是如何打压我们的？"

吴双："说你们技术不行，而且工资都快发不出来了，再过些日子就会卖给 E 公司了。另外 Lee 的老婆是做直销的，谁买他老婆的产品，他就对谁好！安排的工作量少，工资给的还多。"

吴双失去了 E 公司的机会。任何公司都不愿意看到员工离开后到下一家去工作时，肆无忌惮地说前公司不好，这会给前公司造成很负面的影响。其实哪个公司都会有需要改进的方面，正如每个人都有缺点、都有需要提高的方面一样。面对公司的不足，作为其中的一员我们应该提出改进建议，同时努力地把本职工作做好。他这样对前公司、对自己，都没有任何好处。

同时，面试是来评价求职者的，完全没必要说老东家的不是，因为今天的新东家有一天也会成为老东家，到时候，我们又会怎么说呢？如果真有这么一天，我们应该如何介绍现在的新东家呢？

点评：请把抱怨转化成问题和建议

没有公司希望员工离开之后，只记住在公司是如何"受委屈"的，而忘记自己在公司的成长。

面试中抱怨者被一律干掉的原因是：公司不希望新员工加入团队之后，给团队带来负面的影响，特别是"抱怨"这种情绪。但是，在前一个公司如果真的受了委屈，任何人都会希望这种情况在新的公司不要出现。因此，如果那真的是您非常在乎的事情，请在面试时向 HR 询问清楚。如果发现新公司也有类似于老公司的不合理的规定，甚至可以给出您的合理化建议。把批评转变为建设性的意见，对自己来说，是避免了今后工作中再度遭遇您不希望出现的情况；对公司来说，提出合理化建议的员工，是一笔宝贵的财富。

📖 案例 3.6　疯子也有优点

张强之前在 M 公司实习，M 是一家大型 IT 企业，而研发总监 Alex 是业内出了名的"疯子"，此人以三件事闻名于"江湖"：

- 喜欢在全体会上当面挖苦他认为不称职的下属。
- 把开发例会开至凌晨 4 点、转天全体继续 9 点上班。
- 不考虑实际情况、随意变更研发进度。

张强到内业的 N 公司应聘时，HR 对 Alex 总监的残暴有所耳闻，出于好奇问："您已离开了实习的公司，如果请您给他们公司提个建议，哪方面最需要改进？听说您之前的研发总监比较疯狂。"

本打算听到抱怨的 HR 听到的是："M 公司是我接触的第一家公司，Alex 总监作为有多年开发经验的技术管理者，技术实力是非常强的，在那里我学到了很多东西，让我明白社会和学校有哪些区别。短短 3 个月我的提高和进步还是很多的。如果不是后来公司搬到南边，我一定会在 M 公司转正成为正式员工的。"

听到这里，HR 干脆直接问出了想了解的："关于 Alex 业内有很多负面的传闻，比如开会开到天亮第二天还要准时上班，开会大骂技术人员，这都是真的吗？"

张强说："我听同事们说过，应该是真的。每个人都有自己处世的方式和原则，Alex 的方式可能比较简单粗暴，但核心目的还是希望员工能进步或者跟上队伍。"好事不出门，坏事传千里"，业内消息更多传闻 Alex 是如何变态，但是很少提到他是怎么亲自指导开发、细心引导技术人员解决问题让技术人员更快成长的。在这点上，我觉得 Alex 其实是一位非常负责的领导，而且，我从他身上学到了很多的东西。"

综合考虑了笔试和面试的成绩，张强最后成为 N 公司的程序员。他面试时对于之前公司的评价，为自己在面试中加了分。

把"抱怨"换成"感恩"

相信每个公司都有些不尽如人意或者需要改进的地方，我们如果能正面积极看待公司的不足，同时把焦点集中在自己的成长上是种非常有利于自身成长的处世方式。毕竟，如果在工作中有阴影，那么不要把它带到新的工作环境中。各方面很差劲的前公司，不会因为已离开公司的我们大声抱怨有什么实质的改观，负面的心态伤害的只是我们自己。摆脱黑暗，用光明的心态迎接新的机会是实现自我的必由之路。

在求职中不抱怨、只谈自己的提高和收获，不但会给自己争取更多机会，还会赢得招聘方的尊敬。一个人是对世界满怀着怨恨地生活，还是怀着一颗感恩的心，会给周围的人带来非常不同的感受，也会因此改变自己的命运。

3.9　还有问题吗

正规的公司有完整的面试流程，在招聘方提问之后会留给求职者提问的机会。如大家所知，面试是平等和双向选择的过程，公司和我们相互考查与评价，其中充满了简单博弈。迫于当前巨大的就业压力，很多求职者在忙于寻找机会、展示自己的时候，往往忘记了面试也是双选，我们也需要考查公司，所以当被问及"您还有问题要问吗"时不知怎么回答，更确切地说是不知道怎么问。

回答"我没有问题""之前没想过""还没开始工作，对贵公司了解不多，所以没什么要问的"或者"我想知道贵公司的战略是什么"的求职者们，不仅仅浪费了一次深入了解公司的机会，还会让自己在面试中失分。在绝大多数情况下，这个问题会在面试结束之前，因为没有深入思考或者提问没有深度而失去机会的求职者不在少数。另一个值得注意的是，此问题也多出现在复试阶段，如果说初试的时候求职者比拼的是谁更优秀的话，那么初试以后的复试大家比拼的多半是哪个候选人错误少。谁被扣的分数少，谁就更可能胜出。

很好地回答问题的基本就是明白对方想了解些什么。

面试官提出此问题，无非想要以下三方面的信息，其一，求职者是否对公司、所在职位、行业有所了解。不了解的人多半会提出诸如"贵公司是干什么的""你们让我来干什么"。其二，通过求职者的提问结合之前的表现，进一步判断此人的思维深入性与全面性。有些应聘初级职位的求职者为了凑数提出"贵公司战略方向在哪""未来发展方向是什么"等只有 CTO 或者高层才能说清楚的问题。这种问题既不是面试官能解答的，也不跟求职者利益切实相关，问出来多半会被认为想得太多或者不切实际。其三，了解求职者真正关心的点。提问题的角度和顺序有时直接反映了求职者真正关心的东西。反复问及薪酬的可能对钱很关心，问及福利情况的人多半更重视稳定性，问及职位晋升路线的可能比较注重个人发展和职位前景等。

作为求职者应对"您还有什么问题要问吗"这个问题，掌握面试官的考查点是第一步，完美提问至少还应该做到如下 4 点。

做好作业。提前搜索出相关信息是成功提问的基石。在求职者走进面试现场之前对此公司的成立时间、主要业务、职位要求应该都已了然于胸。

面试时用心聆听。面试的流程多半是求职者进行自我介绍之后，面试官会对公司和项目的情况有简要介绍，其中必然包括某些变通渠道无法得到的信息。比如，项目进展情况、领导风格等。此类信息都可以作为之后求职者提问的素材。

不过多涉及薪酬。有关薪水的问题，面试官之后应该会专门抽时间与我们沟通。如果求职者只问与薪水相关的问题，会给招聘方留下"工作只是为了钱"的印象，从而产生只要有人出钱更多求职者就会跳槽的担忧，此处还是尽量多问与公司或者职位相关的有效问题。

准确表达。组织之前的各类信息、组织好语言、提出自己的问题是回答此问题的最后关键点。

精明的求职者能通过此类让人摸不着头脑的问题再次展示自己的实力和对职位的兴趣。

3.10 您有继续深造的打算吗

Leo 您好！

我面试时遇到个问题，希望得到解答。面试官常问："您是否有进一步深造的计划？""您在 3 年内是否会回学校读书？"我确实有类似计划，但是否要告诉对方真实想法呢？招聘方是否会觉得我只是把工作作为过渡，还是觉得此人对自己的未来计划很清晰呢？这个问题要考查应聘者哪方面的素质？

盼回复。

此致

敬礼

小杨

2010 年 4 月

小杨，您好！

非常感谢您的来信。相信您遇到的困惑也是大多数面试者都会遇到的问题。当面试官问到"您有继续深造的计划吗"时，候选人马上进入了典型的囚徒困境（prisoner's dilemma）。针对类似问题的回答，假如我们没有掌握正确的方法，很可能败下阵来。回答这个问题的思路是：看清问题、正确表达、有理有据。

首先，问题背后是招聘方的担心。担心作为优秀人才的我们是否愿意在相对长的时间里与公司共同发展，还是只把公司当成跳板为以后继续进修积累经验，毕竟公司还是希望员工能稳定。同时他们还担心候选人可能是个不思进取的人，真是如此也会影响公司发展。求职者如果回答："是的，我有计划。准备 3 年之内重返校园或者出国。"那么招聘方会认为我们会很快离开公司，不足以委以重任甚至考虑不录用；如果回答："没有，我完全没这方面的计划。"那么招聘方极可能认为我们毫无上进心，缺乏在公司成长和长期发展的潜质，虽然不足以导致失去机会，但会影响我们在公司心目中的地位，也会造成我们之后在薪酬谈判时处于不利地位——谁会为一个看起来不太上进的员工开出有诱惑力的薪水呢？

　　看清问题的本质和公司担心之后，接下来我们就要正确地表达自己的观点。Prisoner's Dilemma 有很多种解决方案和形式，绝非只有一方胜出另一方完败的零和博弈。此时"准确"表达自己有计划进修的想法无疑是回答的关键，即我们有继续学习的计划，但这不会与之后的工作、与我们在公司的发展、与公司对我们的要求有明确的矛盾与冲突。比如下面的回答就可以借鉴："我从毕业之后就不断自学专业方面的知识，相信今后在工作中也能用到，至于是否要脱产继续进修，要看具体情况。我也希望如果本人在公司成绩优异，有机会由公司支付部分培训经费作为回报。"如此一来，既体现了我们不断要求上进的心情，也打消了公司担心我们不够牢靠的顾虑，至于是否公司出资金让我们去培训那要以后看机缘。能把问题回答得如此慎重又逻辑清楚的员工，很多公司都会看好。

　　"有理有据"也是每个面试难题回答的共同原则。相当一部分候选人为争得机会，面试时有"谄媚"招聘方的嫌疑，因此造成的扣分是很不值得的。比如，我之前面试过一名项目助理，问及"是否有深造计划时"她的回答大概是："相信贵公司是个十分重视人才而且很有发展的公司，如果我工作出色，公司一定会送我去培训的。"当我追问有哪些事情能证明她所说的"公司十分重视人才"时，得到的回答是沉默不语。这个看起来是大多数公司都会具备的特点，其实此候选人的回答正好戳到了公司的痛处。在当时我们的公司并不具备，公司只用现成人才，从来不会送员工去培训。有理有据地陈述事实、让对方认为我们适合所应聘的职位、同时没什么"危险"（会很快离职）才是最重要的。对于我们把握不大的事情，尤其是公司的情况，应尽量用词缓和，多用"大概、希望有机会"等。

　　回答类似疑难问题的核心思路是：逻辑先行、双方共赢。我们如果能在提问题方面，看清问题、正确表达、有理有据，不把员工的发展和公司的发展放在对立面上考虑问题，相信不难得到双方共同满意的答案。

3.11　您会拒绝总裁安排的任务吗

　　"如果您不直接向总裁汇报，突然某天却接到总裁安排的工作任务，您如何应对？"此问题曾经难倒了不下百位候选人，回答"任务应该逐级分派，我会拒绝他的要求"和"我会按领导吩咐执行"都是令人不太满意的回答。还是之前几次提到的那个观点——最终答案其实并不重要，很多时候问题就没有完全正确的答案，重要的是展示我们的思路、展示我们解决问题的方法与智慧。只需做到"具体分析、区别对待"，不难回答好如此棘手的问题。

说到具体分析，我想分享一个面试案例。

📖 案例 3.7　两难取舍中的李莉

2009 年初公司招聘部门助理，应聘者有几位非常优秀，让我们难以取舍，在复试最后我们抛出这个问题作为加分项。当时的问法是："如果第二天就要投标了，部门安排您用复印机制作标书。突然总裁跑过来要复印很多资料，说也要明天用。只有一台复印机，您会怎么做？"直接回答"拒绝总裁复印的要求，因为招标对公司很重要，请他自己想别的方法"或者"先给总裁复印"的都被减分。理由很简单，遇到问题想办法去解决是下属的责任，同时无条件给总裁复印多半会耽误本部分的工作。后来成为部门助理的李莉给出了让大家都比较满意的答案，她回答："我的理解是部门任务很急，总裁的任务也很急，而且公司只有一台复印机，我没有太多回旋余地，对吗？"如此一问在明确问题的同时给自己留下了思考的空间，显示出应聘者的聪明。得到肯定答复的李莉也得到了面试官的认可。之后的回答让她赢得了工作机会，她说："我认为很多事情看起来是对立的，像您刚才提到的问题，但是实际上并非只是二选一，很可能有两全的方法。类似的事情我之前遇到过。如果是我来处理此事，我会告诉总裁明天要投标的事情，然后请他把要复印的资料留下，我把投标部分的资料复印好之后，会帮总裁复印好他的资料尽快交给他，第二天一定可以用。当然如果资料是我不方便看的，那么我会请总裁把资料交给他的助理，复印机可以用的时候，我会马上请他的助理来复印。不耽误大家正常工作是前提。"李莉的回答不但解决了其中的矛盾，还分析出了第二种情况，体现出全面思维的能力。经过近一年的锻炼，她已经由部门助理升职为总裁助理。

根据应聘职位区别对待的意思是：我们应聘初级职位和应聘有管理性质的职位处理此类事情的手法应明显不同。应聘初级职位的求职者接近完美的回答是："具体要看是哪些工作，我能否自己完成。总裁安排的任务我会抽时间尽力去做，如果自己力所不能及会向他说明情况，并寻求其他同事的帮助。"这个问题多半能轻松过关，因为我们已经体现出了自己的专业素质。与此相对的，如果我们应聘的是有团队管理性质的工作还如此做答，那么多半会被认为不太称职。管理者承担的责任和压力远远大于一线员工，作为管理者我们要对团队的每个人负责，不可能"随时抽出资源安排多余的工作"，因为这会影响整体的项目进度和其他人的工作。之前某研发部门经理候选人的回答是近几年来我听到的上选答案，他说："我会考虑所管理的团队的资源是否可以满足总裁安排的工作再做回答。如果答案是否定的，那我会向总裁说明情况，委婉地拒绝此任务。可以肯定地说，大多数情况下答案是否定的。我的团队中每个人的工作量应该都很满，能随意安排员工完成额外工作，要么是此人工作不饱和，要么就是我工作计划制定得不好。如果团队有资源完成这个任务，在开始此工作的同时，我会请总裁按公司流程通知总监，再由总监安排给我。公司有自己的流程和规矩，不能随便破坏。"最后补充一点，如果有普通员工能在回答问题时既能从基层考虑问题又能站在管理者角度提出自己的想法，会被认为很有管理潜质。能否成为管理者很多时候取决于面试的表现，以及面试时候选人给招聘方留下的印象。

　　总之，根据情况具体分析问题，在分析中体现我们的智慧和能力，再把所处职位考虑进去回答棘手问题，多半会在关键时刻给我们加分。

3.12　面试时的自信与自卑

　　大家都说社会环境浮躁，这种环境也导致了我们变得很浮躁，表现在面试时就是：在自信的天堂与自卑的地狱之间徘徊。自信时，我们自己就是神，去面试是给公司面子；自卑时，我们先把自己否定得一无是处，只要公司赏个活儿我们就会好好干。其实大可不必如此，每个人都有自己的价值，过分的自信其实就是自卑，多半是没有搞明白自身价值。

📖 案例 3.8　过分自大的马丽丽

公司只需要自信的人，不要需要自大的人。

一个阳光很好的下午，太阳不错。M 公司前台的电话响了。

马丽丽小姐："喂！喂！我是来面试的，你们公司在×环岛哪边？？喂！喂！……"

前台："在环岛向东 300 米，YY 大厦。"明明记得昨天跟这人说过的。

马丽丽小姐："我现在打着车呢！已经过了环岛，还没看到您说的大厦！"

前台："您站在环岛向东看应该就可以看到了！我们在路南！"依然保持和

蔼口气，"您看见路边有个报亭了吗？我们就在报亭后面！"

"报亭看到了，你们没看到！"

"那您看到报亭后面有个肯德基了吗？"

"看到了，看到了！"

"我们就在肯德鸡所在的楼，二十八层。"

"嗯，不是您说的大厦啊！"

"您走下出租车就能看到牌子了，不行就再问问保安！"

十分钟后楼梯门口出现了两位女士，左边的先开口："我是马丽丽，来面试的。"

前台："好！您跟我这边请。这位是？"前台把疑问的目光投向旁边那位女士。

马丽丽："我同学，顺便过来办事的。"

前台："明白了！"带同学来面试☺? 这让前台突然想起某些明星身上发生的八卦事件。明明是 A 要去试镜，带着好朋友 B 一起去，结果好友 B 被相中，A 落选了。

安排好两位女士坐到会议室后，前台打电话给 HR。

"您好！马丽丽来面试。"

"不是约 2 点吗，现在 2 点半了。"

"她对路不是很熟悉，刚找到！"

HR 看到会议室里有两个人问："哪位是马小姐？"

"我是。"马丽丽顺便点了一下头，丝毫没有站起来的意思，示意 HR 可以坐下了。

"那您是？"HR 的目光投向坐在离门最远的一个座位上的女士。

"这是我同学，来这附近办事的。"马丽丽语气平和。

HR 说："请外面等，谢谢！"

马小姐是公司内部推荐的，而且推荐她的人是位部门总监，之后也极可能成为她未来的领导，所以马小姐应该是来面试之前已经得到了未来领导的认可，所以有些谱儿大。

HR：“您好！谢谢过来！”

马丽丽：“嗯。”

HR：“能简单介绍一下自己吗？”

马丽丽：“就是工作经验呗？”口气随意地她仿佛久经沙场。

HR：“是呢，是呢。”这么牛的人，在面试中还没见过呢。很可能是清华、北大、哈佛和牛津联合学位，毕业之后在联合国供职。今天不小心来面试的。HR 心里想着，差点儿乐出声音来。

马丽丽：“我毕业 3 年，在 Q 公司做网站开发 2 年半。然后去 U 公司干了 6 个月，您应该知道 U 公司是一家很有名的 SP，我主要负责手机 WAP 站的开发。还有，我今天上火了，您别看我！”

本来在看简历的 HR，下意识地抬起头。只见一张倒瓜子脸，过大的双下巴上的嘴四周都是红疱，在左面颊上一颗黑痣，再向上看是一双椭圆形眼睛正怒视自己，潜台词是：“看什么看，不是告诉您别看了吗！！！”

当然马丽丽还有一脸骄傲，毕竟如她所说，大网站大公司出来的，还干了 6 个月呢！

“行。”HR 心里想，我不看您的脸看您哪呢？看别的地方你乐意我还不乐意呢！“那为什么离开 U 公司呢？”

马丽丽：“现在已经不在这家公司了。最近 SP 情况不好，这您知道吧，大家都在裁员啊……”

HR：“有耳闻。您也是赶上裁员风暴了？”

马丽丽：“嗯，您说的不错，我可以算是里面非常出色的员工。”说到出色员工的时候，马丽丽一直骄傲的脸更是神采飞扬。“我 WAP 站做得很好，后来公司放弃了这部分业务，我也就没什么事儿干了，其实我不走没什么人敢动我的！此时，正好赶上公司裁员，我看离职机会不错，就主动提出来了，我来占个裁员名额。公司开除我，还给了一个月的补偿金。这两个月正在休息。我不是没有兴趣和他们一起度过 SP 的冬天，我只是没有时间什么都不做地待两年。”

HR：“那您下一步的打算？”

马丽丽："研发、策划或者产品经理都可以。"

HR："您一下说了三个方向？我们这次招聘的是个 WAP 研发工程师职位，您有兴趣吗？"

马丽丽："一看您就是没做过 WAP 开发，我是全才，策划、产品都能做，还都能做好！"

HR："您感觉自己的优势和劣势分别在哪里呢？"

马丽丽："自信！能力强！擅长沟通！开发能力强！没什么劣势或者不足的。能来你们公司应聘一是朋友推荐的，二是我看了你们的网站感觉还凑合，我可以帮你们改进一下。"

听了这话，给 HR 的感觉是：本小姐今天能来就是给你们这个小公司面子，你们应该很感谢我才对，怎么还东问西问的？这让 HR 有点儿愤怒。没兴趣可以不来，谁也没求着您大驾光临。

HR："那您目前的薪水是？"

马丽丽 HR："年薪 6 万。"

HR："就是月薪 5 千？"

马丽丽："也可以这么说，但我发 14 个月工资外加每月 500 块的手机费，打车、吃饭全报。"

HR："那年薪应该是 5 千 5 乘 14 个月，就是 7 万 7 一年。"

马丽丽："你们公司 WAP 业务刚做起来，而且公司规模这么小。您认为我能做什么呢？"

HR："您感觉自己更适合哪个职位呢？"

马丽丽："我明确地告诉你，我现在没法告诉你。我需要一个更详细的描述才能做决定。你们的网站我也没看，我今儿过来随便看看的。不知道你具体的要求和工作内容。只从名字理解，感觉不会到位的。不了解你们心里想让这个职位的人做什么，对它的期望是什么？"马丽丽双手抱在胸前，大有谈判时候甲方的气势！

HR："说得有道理。针对您提出的这些问题，复试时部门经理会给您一个满意的答复。如果有机会到公司，您的期望薪水是？"

"不能低于 8 万。"马丽丽很坚决！

马候选人的结局如何大家一定能猜到☺。

☞ Tips：面试请勿过于自负

展现取得的成绩，是面试时讲述的内容，但以谦虚平和的态度展现成绩，是面试时的重要策略。

马丽丽的情况在面试中并不多见，更多的时候是面试的公司让候选人感觉："能给您提供工作机会，我就是上帝。"而这次面试，却完全相反，她在告诉招聘方："我来你们公司面试，那是看得起你们。"不管能力如何，如此面试态度，都很容易让她失去机会。

也有人会问，难道不能正确描述自己取得的成绩吗？我确实是大公司出来的，也确实此前的工作业绩优秀，难道这都不能说吗？

其实不然，成绩不仅应该说，而且应该是面试中主要展现的内容，因为只有您曾经取得的成绩才能证明您适合这个工作。但是，成绩只能说明过去，既然决定来面试，就应该以客观的心态展示自己。

"我们可以尊重任何人，但请不要把别人的尊重当做怯懦。"无论是对公司，还是对候选人，面试都是个相互提供机会的过程，谁也不必求谁。相互尊重是起码的沟通基础。不尊重人才的公司不必去，不尊重公司的人，也不会有机会进公司。

📖 案例 3.9　内部推荐终遭淘汰的刘源

内部推荐对求职者而言，是个好机会。不必经历千军万马的简历之争，并且容易见到面试的核心人物。但有时候机会来得容易，反而不被重视，也正因如此刘源失去了内部推荐的好机会。

K 公司正在招开发工程师，刘源被公司内部同事推荐给 HR。在收到简历的 3 天里，HR 每天给刘源打个电话，可总是无法接通。

收到简历的第 5 天，推荐刘源的 Denny 在电梯间与 HR 相遇。

"我推荐的人想着安排面试啊！当然行不行还是要看他自己的实力。面试机会总要给一个吧？"Denny 的神情不快。

HR："那个刘源我天天打电话，都三天了还是没联系上。"

Denny："可能电话号码有问题，那我让他联系你吧。谢谢啦！"

HR："好的。"

下午刘源打来电话，她解释说因为最近手机没在身边所以很抱歉没有接电话。

面试时间定在第二天上午 10 点。

HR："您好！您是公司内部同事推荐的。"

刘源："知道。"

HR："对公司内部推荐的候选人有一个原则，就是尽早安排面试。但最后能否成为同事，一是看个人能力，二是看大家缘分。"

刘源："好的，明白了。"

HR："请简单介绍一下自己，谢谢！"

刘源："我计算机专业毕业 2 年，之前在 I 公司做程序员，主要是 Java 方向的。I 公司您知道吧，是家很大的跨国企业。基本就这些。"

HR："您在 I 公司主要做了哪些项目呢？"

刘源："反正都是研发的项目。至于在 I 公司的经验，没什么可说的，而且我跟您讲，您也未必明白。我知道你们这边是做系统集成的，比我在 I 公司做的事情简单多了。我肯定没问题，等我进来了你就知道了。我要进的那个部门的领导，就是我在 I 公司的时候认识的客户呢，他很看好我的。"

HR 无语，1 分钟后问道："嗯。您的期望薪水呢？"

刘源："5 千吧，再少没法生活了。"

……

按照惯例，HR 告诉刘源可以问三个问题。

刘源说："我想知道，贵公司对于优秀员工有什么特别奖励吗？我可不希望自己来了之后，虽然干得不错，却没有任何回报？您说是吧？"

HR 回答："对于这点，公司内各个部门的情况不同，我现在也很难逐一讲给您听。等您真的进了公司之后，再向部门领导详细询问吧！"

刘源："你们公司不会没有这种奖励制度吧？那可真够呛，我在 I 公司的时候，就觉得这个制度特别好。回头我给你们公司建议下吧！"

☞ Tips：要对得起别人的推荐

有人错误地认为，内部推荐尤其是准备进入的业务部门直接领导的推荐，是成功的保证，几乎就等于已经获得这份工作了，所以在面试时完全以"走流程"的状态在谈话。但是"肯定能入职"多半是个幻觉，内部推荐并不能成为我们自负的理由和进入公司的保证，它只是让我们多了一个机会。准确地表现自己，才能使内部推荐真的变成机会。

关于内部推荐有几个关键点：

● 它是成功率很高的求职途径

朋友介绍应该是求职方式中成功率最高的一种方法。因为朋友既了解你，也了解你要去的公司。

● "内部推荐"不等于"必然成功"

有些候选人以为，只要是朋友介绍的，自己就必定能成功入职，从而放松了自己导致最终失败。内部推荐代表了你比别人多了些成功的可能，最后成与不成还是要看个人能力以及个人风格与公司企业文化的契合度。任何渠道得到的机会都应该认真对待。

● 要对推荐您的朋友负责

无论面试者是否能进入公司，面试者的表现都会影响到推荐人在公司的信誉。

面试后能顺利入职，推荐者自然是大丰收——既完成了推荐的任务对得起求职者，也会被人力资源部高看一眼，还有可能得到推荐奖。相反当应聘者走后，被面试官评价得一无是处，那么不但会伤害推荐者在公司的信誉，而且面试官会感觉推荐者的判断力不高或者对公司的职位不负责任——这种人他也推荐！

千万不要给推荐人的脸上抹黑！否则我们不仅仅会失去一个工作机会，还会失去一个朋友。

📖 案例 3.10 大公司来的 Zerg

Zerg 因在业内前三强的 X 科技公司工作了 5 年，简历里的薪水期望也不是很高，得到了 Z 公司的面试机会。

Zerg 从 X 科技公司出来之后，在网上看到 Z 公司的招聘启示比较符合自己的条件，所以投了简历。这么快就被约面试倒是没想到的。

笔试之后的技术面试一切顺利，到了最后与 HR 确定薪水的阶段。

HR："您目前的薪水是？"

Zerg："税前 5000 元。"

HR："我刚才简单介绍了一下公司。如果有机会加盟，您的期望薪水是？"

Zerg 想都没想，就自信地脱口说出："10000 到 12000。"

HR："能给个理由吗？"通常 HR 这样问的时候，是因为求职者薪水要求越过职位能提供的薪水，但面试表现不错，所以希望对方可以谈谈曾经的工作成绩。至少让公司能看见可见的未来他能为公司带来的效益。

Zerg 很得意："我值这么多。"

"自信是件好事情。"HR 说，"但我现在想搞清楚的是您提这个薪水要求的理由，为什么您在之前的 X 公司没拿到这么多呢？"

Zerg："X 公司的薪水其实给得都比较低。公司感觉自己是大企业，有的是人削尖了脑袋要进去，就觉得没必要给高薪水。应届的研究生也就给 2000 多。我可以把以前的经验运用于目前的工作中，还有 X 公司一些成功的理念。我之前在相关领域有 5 年的经验。"也许 Zerg 认为自己在业内前三强的工作经验，就是最好的求职敲门砖，也是薪水"升值"的垫脚石。薪水多 1 倍有什么奇怪的吗？我在 X 公司坚持了 5 年，就是为了能到你们这样的公司拿个高薪水啊！

HR："其他公司问到您薪水问题时您也是这么回答的吗？还是其他公司都没有问过？"

Zerg："有问。我始终是这个要求。而且您这么问，给我的感觉您很冷酷！"

HR："冷酷？！那其他公司是如何问的呢？我很想学习一下。"

"通常就是问我以前拿多少，现在期望薪金是多少。到此为止了。"Zerg

感觉出了口气。

HR 更加不解："好像我也是这么问的。"

"不一样!"Zerg 急忙接过话，情绪显得有些激动，声调也有点高了，"他们没有像您这样一步步紧逼着去问。"

至此 HR 浅浅一笑，觉得眼前这个 Zerg 还是面试经验太少。那样的情况只能说明公司多半是因为感觉您提出的增长幅度比较离谱，所以不想再深入了解下去了。

HR："嗯，那我问得策略些，谢谢!请您给我一个理由让我去说服公司研发总监您的薪水为何能增长 100%。这么问可以吗？"

Zerg："我投的是你们公司高级开发经理的职位，在网站上显示的薪水范围是 8 千以上。这个是不是你们虚晃一枪呢？"

顿时间，Zerg 觉得自己教育了对方而且绝对有理。

HR："不会啊!如果能力和经验都很合适，公司是会提供 6 千到 8 千甚至更高的薪水的。另外有些人在这个行业里也工作了很长时间，比如 7 年以上，职位已经做到经理或者高级经理……"

Zerg 打断了对方："可是我觉得不能拿这个来衡量。因为我觉得我们公司经理、高级经理实际上大多数都是以前领导带过来的，我并不觉得他们具备很强的能力。比如，一个人之前已经做到那个职位了，跳到你们公司面试说他自己的 Title 是经理，您就认为他比我重要或者能力强吗？"

"应该还是要看具体能力吧。"HR 准备结束这次谈话了，"好了，谢谢您告诉我别的公司 HR 经理面试时的提问方式。您提的建议我们会考虑。因为时间问题，今天就到这里吧。"

……

☞ Tips："大公司经历"不等同于"高能力"

求职者对新工作的薪水期望必须基于能力的展现，而不是似是而非的因素。

Zerg 以自己在业内前三强公司工作的经验作为自己提高薪水的依据，原本是有一定道理的，公司在业内实力强，员工能够学到的东西也相应多，能力提高也相应快些。但实际情况是，Zerg 除了抱怨以前的公司之外，并没有让新公司看到自己在之前公司的收获和成长。那么大公司的工作经历就不再是薪水提升的理由了。

打铁还要自身硬。如果自己没有成长和提高，那么在什么样的公司干过都不足以成为我们要求提高薪水的理由。

第4章

技巧篇——调整方法先声夺人

每年人才市场竞争激烈，一个中级职位有上百人应聘的现象很普遍，一个初级职位的应聘更是经常多达千人。人人都想在这场第二名没有任何奖励的比赛中胜出！本章所提供的内容或许对您有所帮助，其中包括揭秘校园招聘、面试与说谎、公司如何做背景调查、霸王面的门道等。

4.1 揭秘顶尖企业校园招聘

每年 9 月至 12 月是学校里最热闹的时候，500 强外企、新兴的民营企业都来学校招兵买马做校园招聘，纷乱的宣讲会和连续的笔试面试让人眼花。热热闹闹之后，拿到 Offer 者喜气洋洋，落马者十分沮丧，那么这一切背后隐藏着什么真相呢？

企业做校园招聘的原因

任何机构想发展壮大，人才都是最重要的基础，在公司成长的不同阶段解决人才短缺的方法也有所不同。初级阶段，公司只要成熟型人才，一个萝卜占好几个坑，要求员工入职马上就能干活、能创造价值（您明白为什么有些企业不要应届毕业生了吧）；慢慢地企业进入了成熟期，解决人才问题的方法从"外面挖"到"自己开始培养"。企业实力强就会去学校直接招聘，大学生进入公司与社会招聘来的人才相比有如下三个主要优势。

- 性价比

校园招聘花费不菲，但是相对于大学生进入企业后创业的价值而言是永远物超所值的。一来大学生的薪水要求不高，二来他们的工作能力和干劲也是社会渠道招聘来的员工不可比的。高性价比是企业看重校园招聘的第一个原因。

● 可塑性

大学生就是一张白纸，具有极高的可塑性，进入企业之后很快会烙上企业的印记，快速接受企业的种种文化。很多应届生求职时都说自己没有工作经验，其实正是某些企业看重他们的原因。我知道的几家大型外资企业就很少从社会上招聘员工，通常高端职位走猎头，其他职位用校园招聘的方法。针对某些没有成型培训体系的公司白纸式的大学生自然是个累赘，但是对于那些机制健全的公司应届生才是真正的生力军。可塑性导致了大学生很快认同企业文化，而他们自身的优势和特长一经发挥又成了企业的新鲜血液，从而让他们有更多上升的空间，很多 500 强的高管都是从一毕业就进入这家企业的。

● 忠诚度

公司想发展壮大不能没有一个稳定的基础班子，而且要能从这个基础班子里挑出第二梯队的管理人才，这些特点优秀大学生都具备。忠诚度高在企业里才有机会发展，才不会以薪酬作为跳槽的主要标准，对企业里的负面因素容忍度也相对高。

哪些企业做校园招聘

根据多年的观察，我发现两类企业会进学校做宣讲、招聘大学生。

第一类 已经成功的大型公司

无论是 500 强在华外企办事处，还是已经上市的民营企业都属于此类，他们有校园招聘的传统。即使金融危机来了，校招也是这些企业每年人力资源部的考核重点。此类企业具备完整的薪酬、培训和晋升体系，是大部分学生的首选。无论是校园宣讲会还是笔试、面试，一般都场场爆满。

第二类 迅速发展中的公司

此类企业的特点是处于高速成长中，虽不能提供对学生而言很有吸引力的待遇，但能提供美好的未来，包括上市之后的期权、快速上升的职位空间，它们用这些吸引应届生。因为知名度不高在进学校抢人才的时候，发展型企业的宣讲会和笔试场景往往略逊于刚才提到的大型公司。

至于大学生选择哪类企业，我个人建议既不要因为大公司招聘竞争激烈而止步不前，也不要因为发展型公司的门面看着不大而气馁，如果有空在校生应多参加宣讲会、笔试以及面试，为自己争得更多机会的同时也增长自己的经验。

校园招聘流程介绍

校园招聘阶段划分	item	October			November				December			
		第二周	第三周	第四周	第一周	第二周	第三周	第四周	第一周	第二周	第三周	第四周
准备阶段	项目规划											
	确定预算											
	确定招聘方案											
	文字和DV资料准备											
	签定合同											
在线推广	网页设计											
	后台系统设计、确认											
	简历模板设计											
	Q&A发布											
	online广告发布											
线下推广	毕分办老师通知											
	海报与宣传册设计											
	海报与宣传册印刷											
	礼品准备											
	资料交接											
	海报张贴											
	小册子派送											
	软消息整理											
	校园BBS消息发放											
校园宣讲	宣讲会举行											
简历接收	筛选											
筛选	笔试											
首轮面试												

上图所示是典型的高科技企业校园招聘进度表。8 月大学生们开始在校内 BBS 上、三大招聘网上看到该企业的介绍和招聘职位情况，9 月第四周开始企业宣讲会正式进入校园，10 月第三周开始笔试和首轮面试。

客观地讲，校园招聘对企业和学生都是一次从精力、体力到耐力的严峻考验。企业要面对全国几所甚至十几所大学的宣讲、巡讲并组织笔试与面试，大学生则要面对几十上百家企业的轮番轰炸，精心安排好时间去听宣讲会、参加笔试和面试，此时常出现不同公司之间的撞车事件，比如参加 A 公司的笔试就不能去听 B 公司的宣讲，让人十分纠结。

校园招聘是一次真正的双向选择。

校园招聘的特色问答

因为时间和精力的有限性，大学生不可能参加每场来学校的企业宣讲和笔试，同样企业也不可能走遍每所学校。如何让企业找到我们，如何脱颖而出，如果他们没来我们学校怎么办？下面来分享一些对策。

● 技术能力在校园招聘中起多大作用？

即使是应届技术职位，技术能力的强弱也不是企业是否招聘我们的最关键因素。除非我们专业课程极差，否则不必担心这个因素。同时请注意，如果我们应聘非技术类职位，比如市场或者销售，技术因素根本不在考虑之列。

- 校园招聘时企业看重哪些人？

具备如下特点的学生更容易被企业选中：

■ 足够聪明，不管是从学习成绩中体现还是从面试问答中体现。

■ 认同企业，对企业的发展史和目标愿景有所了解。

■ 认同职业，对所投的职位有相当认识并愿意全情投入。

■ 有明确目标，对自己的未来有大概的规划，知道自己每个阶段应该完成哪方面的积累。

- 如何让企业在校园招聘过程中关注我？

答案是想尽办法先关注企业，早早地投简历，参加现场宣讲会时积极提问，宣讲会结束后继续与公司人员沟通，打电话询问相关进展，这些都能让企业在招聘过程中关注我们。

- 期望加盟的企业没有来自己的学校宣讲怎么办？

企业也愿意有更多的人来听，但是可能因为精力有限不可能去所有的学校。解决方法很简单，关注一下该企业的校园招聘宣传，他们到哪所学校宣讲我们都参加，笔试安排在其他学校也去参加就可以了。至少在北京，很少有宣讲会不允许非本校学生参加。

4.2　面试与说谎

4.2.1　说谎三原则

面试过程中有个必死无疑的错误——说谎。"说实话成本最低"是职场真理。

说谎也有代价

天性让我们说自己完全没做过的事情时会感觉很不舒服，所以没有人愿意主动在求职过程中撒谎。大多数求职中的不真实，都是为了赢得面试和工作机会，对自己的学历、成绩、实习经历，做了不大不小的夸大、吹嘘。

招聘方每天做的事情就是面见各种各样的求职者，面试经验之丰富绝对是普通的求职者难以想象的，千万不要认为自己精心修饰的谎言，可以侥幸瞒过他们。只要您有说谎的打算，无论怎么粉饰谎言的痕迹都藏在字里行间。招聘方不必真的证明求职者在说谎，他只要"感觉"对方在说谎就足以成为淘汰对方的理由。

也许会有涉险过关的可能，但靠说谎赢得的工作机会，只会给我们自己带来无尽的麻烦和痛苦。

📖 案例 4.1　说谎惹出的麻烦

曲岩在三家网站工作过，按时间顺序分别是 A 公司、B 公司和 C 公司，都是做 SNS 2.0 相关产品的开发。

B 公司在行业内的声誉很差，包括盗用其他公司代码、不给员工上保险再到克扣工资。曲岩在 B 公司只工作了半年就因为受不了乌七八糟的氛围而辞职，离职后考虑到 B 公司极差的声誉（进入公司后才了解真实情况）并没有把在此公司半年的工作经验写进简历里，而是把在 A 公司的工作时间延长了半年，删除了 B 公司的经历。无论投简历还是面试，曲岩从未提起过在 B 公司的经历。

因为做的产品类似、具备相关经验，也有很好的沟通能力，曲岩很快就应聘成功进入了 C 公司。新环境很舒适，给程序员提供了很多便利条件，工作 1 个月之后他进入了正轨并很快取得了不错的成绩，得到了研发部门领导的赏识。

美好时光止步于 B 公司另一位研发人员 Ada 入职 C 公司，Ada 不但说出了自己在 B 公司的经历，还把前公司同事曲岩已入职 C 公司的消息说了出来。如此导致了公司对曲岩人品的怀疑，工作经历都要说谎的人还有什么话是真的呢？尽管多次解释，但是最后曲岩还是被迫离开了 C 公司。

什么都有代价，即使是说谎。要么极聪明地说谎，要么只说实话，因为说出一个谎言必然要用更大的谎言去掩盖它。说实话，我们其实都不够聪明。

说谎也有原则

社会生存压力大，面对如此形势很多人抱着侥幸心理，希望在求职时说些无伤大雅的慌，借此给自己的面试加分，赢得工作机会。

谁没有缺点和瑕疵呢？可谁又想在面对非常希望得到的机会时，暴露自己的问题呢？

如果想"说谎"，那么请遵守以下几个原则。

● 关键问题、据实回答

在关键问题上说谎，只会死得很难看。

📖 案例 4.2 哑巴英语害人害己

2005 年我们给一家外企找售前支持工程师，这个职位对英语要求很高。当时有个朋友的老婆想试一下这个机会，她干了 3 年售前而且是相关行业，简历上看很合适。因为这个职位的老板是个只会说英语的家伙，我在电话里反复问她英语怎么样，尤其是口语，她都说没问题，等我见到她时用英语只问了一个问题，她嘴都张不开。唉！当时这位候选人没有被推荐，而且浪费了双方的时间。从此之后，任何要求英语口语的职位我都会在电话里先做个英语电话面试，以防万一。

与此类似，每个应聘者对自己曾经的工作内容、工作性质、职位都要实话实说，因为这是有据可查的，同时在这方面的任何夸大必将使您失去机会。没带过团队的说领导过革命群众，让您讲一讲就只能开始编了。没做过的事情，自然也说不圆满。尤其是所做工作成绩方面，一定要据实回答。

● 于己不利的问题要有策略

谈到离职原因，最常听到的就是"家里有事"。因为类似理由多次出现，面试官遇到时都会在心里打个问号。也有人的离职原因是领导是个浑蛋，没人性、不讲理，但又觉得自己这样批评前任领导肯定会给现在的招聘方留下非常不好的印象。

的确如此，还是希望您能实话实说，否则招聘方会认为您是一个难相处的人，毕竟他是没什么机会接触您以前的领导的，而您正在这个公司面试。在此建议给出一个大家都能接受而且合理的理由，比如工作内容有变化。

有谁没有不愉快的工作经历呢？有些还导致我们离开之前的公司，但这些不愉快都是可以不讲的。相信我，这些不愉快的经历被问及的可能性也不大，毕竟面试官没有您自己了解您自己。

● 私人问题可以不回答

比如问及婚姻和家庭情况等，可以不回答。招聘方无非是想多一条了解您的渠道，并非要满足窥私欲，不回答一般都是可以被接受的。

总之，没有据实回答的问题容易在面试中被有经验的我发现。对任何问题而言，有明显逻辑错误、无有力证据证明自己所说的话，必然会让人很怀疑。而被怀疑在关键问题上说谎的候选人，多半招聘方是不会去求证的，他们用最省时、省力的方法——马上淘汰这名候选人，请进下一位面试者。

求职者能通过求职中的谎言不被戳穿而通过面试，要么祈祷招聘方经验严重不足，要么就是自己智商高过 160，永远可以把谎言说圆满。否则"说实话"是面试中赢得招聘方认可的最好方法。

4.2.2 要不要夸大工作成绩

面试时，要不要夸大自己的工作成绩，从而为自己赢得相对高的薪水和职位呢？可以肯定地说，大部分有工作经验的程序员在面试时都会遇到这个困惑。

面试时到底要不要这么干？

答案是：HR 部门面试时可以有一点儿夸张，部门领导面试时坚决说实话，这是应该遵守的原则。之所以存在不同，源自面试所要达到的目的有差异。

当然，首先是任何时候都不要说谎（可以有点儿夸张）。HR 和部门主管在招聘期里，针对同一个职位常常面对从几百位应聘者中选出的十几位候选人。如果说谎，很容易被识破。面试我们的人肯定见过很多与我们背景、能力相同的候选者，有相当的判断能力。我们描述的工作与实际面试不符，对方即会认为我们在说谎。一旦面试时被认为在说谎，再优秀的候选人都不会有机会。

举个例子，我在面试问题中常常请候选人介绍一部印象深刻的电影、电视剧或者小说，说说剧情和吸引候选人的点。这个问题在考查候选人归纳、总结和表达能力的同时，也能体现候选人的某些倾向。之前我面试过一位名叫 Elsa 的候选人，在我提出上述问题后，她说："我喜欢看《柏拉图对话集》，别的都没什么兴趣。"Elsa 应聘的是项目文档管理员的职位，她如此回答我是肯定无法考查之前想考查的总结和表达能力的。因为她表示不喜欢读别的书，我也没法再问类似的问题。她看似巧妙地回避了我的问题，可因为在这个关系到她以后工作核心的问题上，她不想或者不愿意让我了解她，Elas 因此失去了复试的机会。

其次，无论在部门面试之前，还是在部门面试之后，HR 面试时考查的主要是候选人的非专业技能部分，包括合作性、确定性、潜力等。在此类面试时，我们对之前做过的工作可以有一点儿夸张，比如研发人员，可能原本在项目中做的完全是助理工作，可以说成是负责某个小模块的运行和维护，或者对取得过的成就进行些许润色，有利于我们进入下一轮部门面试或者直接进入公司。我们以后的工作不直接对 HR 负责，面试时我们需要的是给 HR 部门很好的印象。

相对地，我们将工作的技术部门负责人面试我们的时候则要十分老实、本分地说出自己之前所做的工作、所取得的成绩，以及在工作中需要提高和改进的点。原因也很简单，以后我们会在这个部门中工作，极可能要向今天面试我们的人直接负责。面试不成功也就算了，如果真的靠着夸大自己的能力进入公司，让直接领导对我们的期望高于自己的实力，无疑会给之后的工作造成麻烦。要知道只做助理工作和负责某模块在实际工作之中，还是有本质差别的。虽然很多人见过猪跑（别人做项目），但真正吃起猪肉（自己亲自做）则肯定是完全不同的。部门面试看中的是实际能力，进入公司之后达不到部门对我们的预期，在如今大形势不好的情况下，很大程度上意味着失业。即使保住了新工作，很多人也会因为边学干出错，而被工作量压垮。

准确表现自己的能力后，在双方互相认可的基础上入职，承担与自己能力相当的工作，拿与自己能力相匹配的薪水，在工作中逐渐成长才是正道。

4.3　正确解释简历中的空白

简历中的空白一直是求职时让人头痛的问题。求职者害怕公司会因此认为自己的能力有问题，招聘方则担心求职者有不可告人的事情隐瞒，总之是个大问题。下面分享一下解决之道。

📖 案例 4.3　语焉不详的刘如意

应聘某公司网站项目经理的刘如意介绍自己时是这么说的："我毕业后在一家朋友的公司工作。学的是计算机，所以用 PHP 开发的同时也做网站运维，后来由于我做得比较好就做了网站的技术经理。"

HR："您公司的网站是？"

"不记得了。"刘如意说起来很轻描淡写。

HR："把一个网站从开发做到运维之后管理它的人，怎么会不记得这个网站的网址呢？您是不是太紧张了？就请告诉我一个关键词，我到网上搜索一下就可以了。"

"这公司倒了。"刘如意有点儿急了。

HR 继续："行，只要有过网站都会有些痕迹，用您简历上的公司名字查可以吗？"

"这公司网站没上过线。还没上线公司就倒了。"刘如意边说边用手扰了扰脸侧的头发。

HR："那您怎么做的网站技术经理呢？算了，还是介绍一下您的工作内容吧。"

刘如意："记不得了，我家里最近发生了很多事，我很多事都记不得了。"刘如意的目光已经明显地开始游离，回答起问题来有点语无伦次。

根据刘如意的说法，他以前的工作经历都没法考查了。当然，他也失去了工作机会。

世界非常小，任何谎言都很容易在一个偶然的机会被戳穿。因此，对自己实力的描述，不仅要和能够查询到的资料相符合，更要和自己将来需要负责的工作相符合。否则，即使您得到了这份工作，又如何有效地继续下去呢？

📖 案例 4.4　简历造假者欧丁

欧丁简历上写有 3 年.NET 开发经验，看起来很适合 D 公司的开发工程师职位，笔试通过之后他被安排与研发经理面谈。

寒暄之后欧丁说："2004 年计算机专业毕业后，在老家的天天计算机公司干了一年的.NET 程序员。2005 年 6 月来的北京，在北京天苑科技做程序员，主要从事 ERP 产品的二次开发。我对自己的评价是计算机专业基础扎实，今日事今日毕。2006 年，我帮朋友做了一个网站叫 OOK 网，是个 SNS 网站。之前没有这方面的经验，但朋友要我帮他一下，也只有硬上。"

研发经理："您所说的工作经历与简历上体现的不一致，时间方面也对不上。"

欧丁解释道："您也应该知道，现在工作不好找啊！其实我毕业之后做了一年程序员然后就失业了一年，到北京之后工作很不好找，所以为了好看，我把简历做了适当的调整，而且有些时间确实记不清楚，最后简历就成了现在的样子，所有的工作时间都是连在一起的。这个您一定能理解！"

欧丁的可信度此时直线下降。

接下来的几个技术专业问题欧丁答得很一般，加上之前在简历时间上做了手脚，让研发经理不能确定他是只在时间上做了假，还是根本就没多少.NET经验。

招聘方不会花时间继续确认真实性，欧丁也毫无悬念地失去了此次机会。

不少朋友可能为欧丁报不平，大家会说："只有王八是真的，还叫甲（假）鱼。哪有那么多真的啊？也不能太较真儿！"

实际情况是，如果简历只是有些小细节和陈述有对不上的地方，是可以被原谅的。极少有人能百分百准确地回忆工作时间和内容。但原则性的东西对不上，会让人对求职者的诚信产生怀疑。

简历里不方便写的内容就省略。孔子"笔削春秋"时把自己不喜欢或者与自己意见相左的东西去掉，号称不说不算说谎，身为凡人的我们更难做到处处真实，所以自己不愿意讲的尽可以保留不说。

省略并不代表要满纸谎言，人都有天生辨别谎言的能力。在面试的时候本来就紧张，再去说谎就会更紧张，很容易穿帮。大家第一次见面，本来就是处于相互没有信任感的阶段，再有一两个谎言，信誉度下降为零后大家就没什么可谈的了。

☞ Tips：有关空白的解释

在从大学校门里出来之后，很快您就会发现，您的简历再不像此前一样是一根"无缝钢管"了。我们小学毕业后上中学，中学毕业后上大学，每个阶段之间几乎没有"空白"的日子。但是，这之后您就需要为这些"空白"的日子操心了。

空白情况一： 毕业之后没有立即工作，在家待了几个月甚至更长时间。

对策：求职时对此类情况应当实话实说。谁没有过大学毕业后很茫然的日子呢？谁没有过想找到一个完全符合自己的专业和爱好的工作而耽误了就业时间的日子呢！谁都年轻过，招聘方可以完全理解。

空白情况二：不同的工作阶段之间，那些您不想工作或者没有找到工作的日子。

如果您本周或者上周刚刚离职，简历里写上工作至今是可以被理解的。但很多人明明已经离职几个月或更长时间，还要写上工作至今，等被问及时总是以没有及时更新简历来敷衍。如果已失业半年，如此回答给招聘方的感觉会很差，即使不因此被干掉，也会因此被减分。

其实，**一个合理的解释更容易被接受**，比如准备考学继续深造，甚至是"我想休息一下，因为之前工作压力过大需要调解"都是可以的，这被称为职业空窗期（《程序员职场第一课》一书中对职业空窗期有详细论述）。

4.4　面试时沉默不是金

面试确实很奇妙，多说一句话或者少说一句话都可能会犯错。但为了不出错，总在沉默，并不是安全的选择。即便您是一个超级内向的人，在这个时候，也不要像挤牙膏一样回答问题。在面试时，沉默不是金！

📖 案例 4.5　惜字如金的刘峰

面试开始的前几分钟里，刘峰给面试官的感觉是惜字如金。问一句就答一句，于是对方很快放弃了这种沟通方式。

技术经理："还是请您简单介绍一下自己吧。"

刘峰："我是去年来北京在 E 网站做 JSP 程序员的。一年了。今年想找个新工作。"

沉默……

技术经理："能详细点吗？"

刘峰："刚开始做时只负责前台页面，之后也负责与数据库有关的工作。"

技术经理："能帮我介绍一个您在工作中克服困难的例子吗？还有就是在之前的公司有任务吗，比如每月是如何考核的。"

刘峰："就是一些日常工作，没有什么明确任务。"

技术经理："您感觉 E 网看重您什么优点把您请过去的呢？"

刘峰："要求不高、肯干吧，说实话我也不清楚他们为什么要让我过去。"

技术经理："您对之前的工作哪部分比较满意呢？"

沉默……

HR："我可能问得不是很具体，那说一个您最满意的项目或者开发过的页面吧，什么方向都可以。"

沉默……

刘峰："也没感觉有什么满意的。"

继续沉默。

面试开始以来，刘峰一直在不由自主地低着头抖腿。

所有问题他总是先以沉默回答，给人的感觉实在是太内向了，足以造成沟通障碍，现场压抑的气氛让人呼吸困难。

结果刘峰没有通过面试。

☞ Tips：不要让内向被误认为自卑

内向不是问题，也不必把内向和不能准确表达自己等同起来。很多程序员不爱说话，不像大部分销售有话痨倾向，但需要表达时不会有任何问题。刘峰也许具备技术能力，但是因为表达不流畅造成了求职的困难。公司没有职位是不需要沟通、不需要团队配合来完成的。

面试官未必总能拨开云雾看到本质。应聘者在面试时的表现其实就是在告诉招聘方我们是一个什么样的人。

内向不是什么坏事。研究显示，内向的人比较专注，除了能运用在工作上，也愿意把心力放在人与人之间的关系上。这样的特质，让内向的人容易成为良好的倾听者，加速彼此的关系建立。

内向的我们虽然安静，但是我们仍然能准确地表达意见；内向的我们虽然不爱说，但不代表不肯行动、不能行动。在需要说明自己的思想、说清楚自己所做的工作的时候，还是要表达清楚的，这和内向无关，完全可以通过有规律的练习达到目的。毕竟，准确恰当地表达自己是赢得工作机会的基础。

有空多练习表达，不要让内向被误认为自卑。

4.5　充满自信方能争取机会

积极进取是自信的表现，也是一种生活态度，更是一种求职态度。机会多数情况下不是等来的，而是争取来的。

📖 案例 4.6　自信争胜的赵旬

一个阳光明媚的早晨，T 公司 HR 早早地就来到了办公室。正在楼下等电梯的工夫，一张年轻的面孔迎面走来，阳光正柔和地洒在这个年轻人的脸上，神采飞扬。仿佛任何一点新鲜的东西都可以被他捕获并给予 120% 的热情。HR 知道这一定是位新进的同事。

"您好！"年轻人说，"我是赵旬，两个多星期前到公司面试的测试工程师，当时是您面试的我。今天正式上班。谢谢您啊！"

HR 回答："赵旬，您好！谢我做什么。还是您的能力和主动出击的个性帮您争取到了这个职位，好好干吧！"

时间还要倒退到两周之前。T 公司要招聘测试工程师，通过笔试后的十几个人在 HR 面试时感觉都不是太合适，赵旬是其中之一。说实话，面试时 HR 对这人没有太多的印象——没什么特别缺点，因为有缺点的人会被记住，打入黑名单；也没什么明显优势，因为有明显优势的人多半就录用了。赵旬的情况比较普遍，属于那种基本胜任工作，但用人部门还想再看看有无更合适人选的状态。此类情况通常彼此都会不了了之——公司不给候选人打电话，候选人也知趣地寻找其他工作机会。

就在面试结束后的星期一，HR 收到了赵旬的邮件：

> **题目：来自赵旬的感谢信！**
>
> 尊敬的 HR 经理：您好！
>
> 我是上周一到贵公司面试的赵旬，感谢您为我面试花费的时间和精力。和您谈话觉得很愉快，并且了解到许多关于贵公司的情况，包括公司的主要业务、发展方向以及公司宗旨。

> 正像我已经谈到过的,我的专业知识、经验和成绩对贵公司是很有用的,尤其是吃苦钻研能力。我还在公司、您本人和我三者之间发现了思想方法和管理方法上的许多共同点。我对贵公司的前途十分有信心,希望有机会和你们共同工作,为公司的发展共同努力。
>
> 再一次感谢您。希望有机会与您再谈。
>
> 此致,
>
> 敬礼!
>
> 应聘人:赵旬

参加面试的人虽然不少,但是能写感谢信的平均 500 人里只有一位,没写的原因有很多:不知道 HR 的邮箱地址、不知道给谁发邮件或者不知道怎么写。

感谢邮件表明候选人有足够的自信,同时又愿意与公司共同发展,自然会让 HR 增加对写信人的好感。这种好感可不是简单人际交往中个人魅力的吸引与被吸引,它带来的最直接效益就是加深了 HR 对自己的印象。道理很简单:在一群势均力敌的人中间,谁能表现出自信,谁留给面试单位的人印象深,谁就有胜出的机会。于是 HR 准备再给赵旬一个机会。

上午 11 点电话响了。

"您好!我是上周去您公司面试的赵旬。"电话的声音很陌生,HR 迟疑了一下,问道:"您应聘的是什么职位?"

"应聘的是测试工程师。"对方回答道。

"哦。"联想到收到的感谢邮件,HR 马上回忆起这个人,同时边说边打开记事本查找上周的面试记录。赵旬名字后面写着"表现一般,已推荐给部门备选"。

HR:"想起来了。您的情况部门还没有给我反馈,可能需要再等一段时间。"

赵旬:"明白。其实我还是很希望有机会加盟咱们公司的,希望公司能考虑给我一个机会。我一定会珍惜这次机会,努力工作。同时,再次感谢您能提供给我面试机会。"

HR:"客气了,应该的。"

赵旬："那不打扰您了，我等您消息。"

HR："好。"

放下电话 HR 想起在大家的求职信里常有"选择我，您就选择了成功""选我吧，我不会让您失望""真诚希望加盟贵公司"等字样，但又有多少人是真想加盟到申请的这个公司呢？大部分人这样的举动还是属于"寒暄"那部分吧。有多少人又在公司没有复试消息之后再去撒网捕鱼式地找其他机会呢？这个赵旬的进取精神超越了很多人。

再次复试之后赵旬成为了 T 公司的测试工程师。

可能有朋友会说："赵旬很走运。"但是要知道每一个偶然的背后都是必然，如果他没有足够的自信和进取心，怕是连感谢信也不会写，更不用说打电话来问结果了。回头想想，面试从某种程度上说何尝不是我们销售自己的一个过程呢？没有进取心会让我们在起跑线上落后数步，在这个竞争激烈的社会"第二名"是很难有任何奖励的，无论我们之前付出多少。那么唯一能做的就是尽全力争取配合正确的方法，成为第一名。

☞ Tips：面试后的感谢及咨询电话

面试之后的一封感谢信、一个礼貌的询问电话，可以再次展示我们自身的特点和对此次求职机会的重视，极可能为我们争回失去的机会。要知道，"等"可能什么也等不到。面试后写个邮件或者打个电话，我们会失去什么呢？只是一点儿时间和虚无缥缈的面子。如果明确知道自己被拒绝了，至少有两点好处：一是可以直接了解一下自己哪方面需要提高，二是对这个公司可以从此再无牵挂。

有不少人，都不会做这件事情。也许是担心自己在电话里被拒绝，影响自己的心情；还有的人则抱着另外一种奇怪的心态——"不要我的公司肯定不怎么地，我还懒得理它呢！"如果是谈恋爱，这种心态可以理解，找工作就不必了吧！

当然，最多的人，是觉得没有这个必要。其实，即使没有得到工作机会，打一个回访电话，给曾经面试过我们的招聘官留下深刻一些的印象，绝对不会给我们带来损失。

4.6 霸王面也要有实力

大多数人接到面试通知才能去面试,但如果没有接到通知又觉得自己符合要求,直接到面试现场上门"强行"要求参加面试,此之谓"霸王面"。这是把双刃剑,一方面,它很主动——职场中的我们要有积极主动的精神,也表现出我们足够自信;另一面,它又打扰了招聘方正常的工作秩序,有可能会被当做上门推销者被"谢绝"。

📖 案例 4.7　缺少后招的霸王面

求职者任明拿了份简历直接冲进 M 公司前台,并意外得到面试机会。

看着对面的技术经理,任明先开口:"您好!我叫任明,现在还在你们竞争对手 N 公司做网管,今天过来是来应聘你们公司网管的。"

任明似乎非常自信能应聘成功,作为最直接的竞争对手 N 公司的网管,M公司有什么不要我的道理呢?应该对我求之不得啊!

任明:"我是山东人,3 年前毕业于 F 大学计算机系。在网上看到贵公司招聘网管,感觉自己比较适合,决定试一下这个机会。因为现在求职竞争太激烈,我感觉自己如果只投简历,可能不会有面试机会,所以自己主动过来了。"

HR:"我们招聘的网管的主要工作是对公司内部 PC 和 60 台服务器进行维护。我想知道您对 HP 或者 IBM 服务器了解多少?"

任明:"以前没有接触过,但希望公司能给我一个机会,让我学习,我会很快掌握的。"

HR:"那您在 N 公司主要做什么呢?"

任明:"嗯,给办公室里的个人电脑定期升级杀毒软件。"

……

HR 考虑是不是要结束这次谈话了,公司请人来公司不是提供学习机会的,而且任明已自信到盲目的地步了。

霸王面如果缺少后招——实力,那么就很可能一切成空!

☞ Tips：霸王面也要实力说话

面试过程非常类似于销售，但面试与其他销售的不同之处在于：面试时出售的是无形的产品，比如能力、知识和经验。相似的地方在于：面试和销售都需要很强的主动性，仅仅把简历投到公司邮箱就像是在街上发宣传资料，命中率和效果都难以保证。与其打出广告等人来买，不如学学主动上门推销自己。

任明错误地认为：只要是从竞争对手过来的，M 公司一定会给他工作机会。实际情况应该是：只要是从竞争对手过来的，会有面试机会，至于是否能来工作则完全要看个人实力。

能主动上门推销自己的人必定非常自信，但是空有自信又缺乏相应基础只能被称做盲目自大。

4.7　面试薪水谈判技巧

《程序员羊皮卷》第 8 章"加钱！加钱！加钱"里，我谈到了决定我们薪水的因素，包括学历、技术水平、目前薪水、市场价值、认识和态度。本节我将结合实际案例进行分析。

4.7.1　跳槽与加薪

下面的三个案例从不同角度反映出了我们对待薪水的态度。

📖 案例 4.8　跳槽即加薪的 Hunk

Hunk 应聘 I 公司的开发工程师，只要通过面前这位 HR 的面试即可进入公司，沟通已进入尾声，开始了求职者提问环节。

Hunk："我目前薪水是每月 3000 元，期望薪水是每月 6000 元，贵公司能满足我的要求吗？"

HR："翻了一倍？"

Hunk："是的！换工作工资就应该有提高，进入贵公司就应该高些？像你说的公司在高速发展。"

HR："但现在正在发展中，薪水可能达不到您的希望值。能再给个合理一些的薪水要求吗？"

Hunk："综合考虑吧，也没什么不合理的。你不了解我的情况，我现在需要找一份很稳定的工作好好干下去。薪水多些可以让我更稳定。"

Hunk 专业知识和经验都满足职位的要求，但对薪水期望太不切实际了。笔试第一的他面试后被作为备份候选人，意思是：实在没别人合适才会考虑请他入职。

☞ Tips：换工作不是涨工资的理由

"换工作了，当然得涨工资，否则我图啥？"绝对不是公司招聘时可以接受的理由，他们只会根据岗位需求和应聘者的能力而核定薪资。

对于求职者权衡工作机会价值的要素很多，不只是与钱相关的薪水、福利，还有诸如个人成长空间、工作环境、上下级关系等。

📖 案例 4.9　错误判断形势的胡申

胡申通过笔试和技术面试后，第三次到 S 公司参加复试。

HR："您的专业知识和能力都已得到认可，今天我们主要就薪水进行沟通。公司提供完善的薪酬体系，包括保险、公积金、饭补和交通补助。我想知道您的期望薪水？"

胡申："每个月 8000。"

HR："理由呢？"

胡申："因为我感觉自己值这个数。"

HR："公司对每个职位都有一个标准。我对您说，您的期望薪水超过了目前公司对这个职位提供的最高薪水。这个薪水目前公司可能无法提供。"

胡申："不能再低了。"

HR："之前您表示过如果机会好，薪水问题可以再进一步沟通，您认为这个机会不好或者工作内容不喜欢？"

胡申："你们能给多少吧？"

HR："您这个职位公司内部沟通后，定的是每月 6000 元。"

胡申："嗯，就 7000 元吧！你们公司这么大，应该也不在意这 1000 块钱，你们再讨论一下。"

HR："嗯。我还是想明确一下原因，您为什么感觉自己的月薪应该是 7000 元呢？根据您面试调查表里填写的信息，之前的薪水好像是 4500 元。

胡申："那是在一家软件公司做对日外包项目，因为工作时间不长所以薪水不算太高。你也知道北京消费太高了，我出来就是为了挣钱，这已经不算高了，我还给你们让了 1000 块呢！

公司最终放弃了请胡申加盟的打算，理由是：缺乏稳定性。如果答应了他的薪水要求，给了每月 7000 元。进入项目之后，他自己认为所做工作是 8000 元的程序员应该做的，要么马上要求加薪，要么很快走人。

此外公司大小跟他的薪水也没有直接关系，薪水只与我们给公司创造的价值成正比。

"公司越大给钱越多"很多时候只是假象，我就见过不少大公司支付给初级、中级程序员的薪水低于行业平均水平。公司的考虑是：我们公司大、牌子响，你不愿意干，有人愿意！

📖 案例 4.10　眼里只有钱的 Monica

大多数面试经验不丰富的人，都会认为谈钱是件敏感的事，所以很容易就进入了两个极端——要么对钱的事情只字不提，等到真正开始工作的时候，觉得自己被骗了但是又难以启齿；要么就是在面试的时候言必称薪水报酬，让招聘方觉得我们是随时可以因为薪水的涨落而做出选择的人。

M 公司淘汰了计算机名校毕业、有 5 年工作经验的 Monica，理由是 HR 请她提的几个问题。

Monica 提出的问题分别是：

1. 我这个职位的薪水是多少？

2. 公司给上保险吗？

3. 公司有额外的商业保险吗？

4. 我这个职位有通话补助吗？

5. 每个项目具体有多少奖金？

从她的提问中我们可以看到，激励 Monica 的方式就是涨薪水。但是让人担心的是，别的公司如果给出的薪水更高，她是不是就会随时选择离开呢？

4.7.2　薪水不能如您所愿，您会怎样

跳槽时，"人往高处走"的心理总让我们希望自己的薪水能高过之前的水平，哪怕涨幅只有10%或20%。但通常面试官是不会轻易满足您的愿望的。事实上，面试中的简单博弈尤其体现在关于薪水的判断上。

相信很多求职者会被面试官问这样的问题："薪水达不到您的期望，您能接受吗？"这通常代表公司认可我们的能力和水平，希望我们能加盟，同时认为我们的水平没有达到期望薪水的高度。这其实是公司伸出了橄榄枝，我们应该怎么办？

马上回答"我接受，你们能给多少"或者"低于这个薪水我完全无法接受"多半会让我们在面试时吃亏。"了解情况、全面考虑、坚守底线"是回答此类问题的基本方法。

曾经有个程序员回答："你们公司这么大，也不在乎我这点钱儿。低于我的期望薪水，我就不考虑你们了。"他随即失去了一个福利全面、包含各种奖金的工作机会。

"了解公司情况"是回答这个问题的第一步。薪酬除了基本的底薪之外，还包括至少两部分：福利和奖金。公司是否能提供完善全面的福利保障，是否提供额外商业保险、相当于150%或者更高基本工资的加班补助；是否有全面的奖金体系，包括项目奖、年终奖等。以上都是我们要综合考虑的因素。如果公司有完善的薪酬体系，那基本薪水低于期望所损失的部分完全可以通过福利和奖金补回来，千万不要因为不了解情况而盲目拒绝机会。

如果我们这样问，相信能了解得更全面："我之前公司的基本公资是×××，上四险一金，基数是×××，我们还有相对完善的奖励体系，比如项目奖、年终奖。如果方便，您能介绍一下贵公司的情况吗？非常感谢！"

因为并不是问公司具体能给多少钱，相信HR会乐于分享公司的薪酬情况的。

掌握公司的薪酬和福利情况之后，接下来就要"全面考虑"。

如果求职者问："我对贵公司的机会很看重。想具体了解一下直接领导的风格，咱们提供的相关培训有哪些？另外，公司对我这个职位的升职路线是如

何规划的也请您帮我介绍一下。"HR 会很高兴回答。面试时 HR 更愿意看到希望了解公司全面情况而不是双眼只盯着钱的候选人。

钱并不是衡量职场快乐指数的最主要和唯一的标准。至少有以下三件事左右着我们职场的快乐指数：融洽的团队、全面的培训、升职机会。融洽的团队是开心工作的基础，与直接领导的风格吻合、感觉公司的企业文化很合适自己是个关键因素。与其拿着比自己期望薪水高的工资每天受气，冒着因为长期不开心而生病的危险，还不如拿着相对低的薪水，在快乐开心的氛围里工作，在开心的环境里，我们提高更快。公司提供全方位的培训也是接受低于期望薪水的原因，从企业文化到专业技能的培训不但可以提高我们在工作方面的能力，继而让我们拿到与期望持平甚至更高的薪水，还能为今后的职业发展增光添彩。更快、更大的上升空间是要考虑的第三个因素，具备团队管理经理、大项目运作经验的人才在任何市场上都是不可或缺的人才。全面考虑才有机会更全面地发展我们自己，让职场路更加顺畅。

回答此类问题的最后一个原则是"坚守底线"。

HR："我们很有发展，但目前有困难，只能提供您 600 元的月薪。"

候选人："您提供的薪水无法满足我的生存要求，我只能对贵公司表示遗憾。"

底线指我们的生存底线，每月收入低于这条线的时候，生活质量就没有保障、出现问题。真实社会鱼龙混杂，其中不乏缺少职业道德的公司，有些公司利用大家求职心切，想出"低成本招人、高淘汰"以保证公司利润的损招。很多公司把自己吹得天花乱坠，告诉求职者未来有多么美好，然后说现在公司很困难，新员工应与公司一起度过难关之类的话，挖陷阱让求职者跳。避开陷阱的方法就是不接受低于生存底线的工作机会。

做到"了解情况、全面考虑、坚守底线"之后，我们再来回答"考虑"或者"不考虑"时，相信都已胸有成竹。

4.8　背景调查是非谈

随着时代的变化与发展，对将入职员工进行背景调查已成为某些正规公司的基本手续。

调查的对象和目的

对将要成为员工的候选人在之前公司的表现进行客观准确的了解，进一步印证面试时候选人的描述真实性，考虑候选人在前公司是否有不良记录，比如盗用公司资源、严重违纪等情况。总之，就是为了把不良人员屏蔽在公司之外。从这儿我们就能看到，还是说实话成本最低，说谎很快会在背景调查中被戳穿。有朋友可能会说，提供背景调查人的时候，我只给新公司我好友的联系方式不就没事儿了？实际情况是……

调查的流程和方法

基本确认候选人适合公司的职位之后，新公司会直接通知候选人需要做背景调查，同时还会请候选人提供背景调查证明人的联系方式和与候选人关系，多半是前同事或者前领导。

在联系了这些人之后，新公司还会直接打电话给候选人之前公司的 HR 部门核实相关情况，诸如在职时间、职务、上下级关系、是否真有背景调查证明人的存在。

2008 年的时候，我帮公司 R 对将入职的 Rose 进行背景调查，Rose 提供了她以前在职的 O 公司总经理的联系方式。跟 Rose 接触时我总是感觉不太对，所以并未给总经理直接打电话，而是把电话打到 O 公司的人力资源部。结果令我大吃一惊，该公司根本没有 Rose 和她提供的所谓总经理存在过。见过骗子，没见过这么骗的，Rose 随即失去了 R 公司的机会。工作经历都明目张胆地说谎，真的进公司还不知道会发生什么事情。

背景调查工具

类似背景调查工具有很多，但内容基本大同小异。下面是典型的背景调查表，希望对您有所启示和帮助。

背景调查表（Reference Check Form）

日期：

候选人信息

候选人姓名：

联系电话：

公司名称：

证明人信息

证明人姓名：

联系电话：

与候选人关系：

有效证明期：

证明期受聘职位：

证明人姓名：

联系电话：

与候选人关系：

有效证明期：

证明期受聘职位：

工作表现

工作评价：　1 = 优秀；2= 良好；　3=一般；4=较差；5 = 很差		1	2	3	4	5
工作质量	候选人完成业绩的质量是否达到或超过职责的要求？					
工作数量	候选人完成业绩的工作量是否达到或超过职责的要求？					
知识和技能	候选人是否具有足够的知识和技能胜任职位要求？					
可信度及可靠性	您能否信赖并依靠候选人完成所分配的任务？					
内在动力	候选人是否对成功有强烈愿望？					
勤奋	候选人是否工作勤奋？					
执行能力	候选人是否能全面认真地执行领导分配的任务？					
领导能力	候选人是否能成功地管理下属？					
人际交往能力	候选人的人际关系如何？					
总体评价	您对候选人的总体评价如何？					

职业评估

1. 您认为原公司是否愿意再聘用候选人？

2. 您认为候选人是否胜任即将应聘的新职位？

3. 您对候选人的职业发展有什么建议？

4.9　面试检查单

面试检查单（Checklist）可以有效地帮助我们在面试之前梳理准备情况。本节根据学生求职和在职人员求职的不同准备了两套 Checklist。

4.9.1　学生求职

面试前的 4 个要知道

- 要知道公司的业务及现状。

- 要知道公司地址，预计往返时间。

- 要知道应聘职位，以做好应答准备。

- 要知道谁会来面试我们。

只需要在面试前一天用 2 分钟时间确认要应聘的公司地址和职位名称、去公司找哪位面试，可以省去我们很多麻烦。面试时凡是具备以下特点的求职者多半没机会加盟公司。

- 找不到面试地点再打电话问。

- 到公司说来应聘但不知道找谁。

- 在面试时问："你们干什么的？我应聘什么职位的？"

☞ **Tips：有关着装**

我建议穿着干净即可。是否穿着西装要看我们应聘的公司的风格而定。如果有机会，最好能提前了解一下公司的风格，我见过应聘者穿得比面试官还要正式的情况，这样有时会让双方都感觉不舒服。

面试中的五个要

下棋俗手之间对决靠杀法、怪招取胜，而高手之间对弈只看谁出的错少。面试也是同一个道理，在决定谁最后能得到这个机会的复试中，完全要看谁的缺点少。

- 要守时

这是种礼貌，更是种习惯。我们更建议您能够提前 10 分钟到达面试场地。

这样做至少有以下好处：让自己熟悉环境以便面试时更好地发挥；有时间整理一下自己，不会在面试时让人看起来很狼狈；向前台要一份公司介绍以了解公司情况，让自己在面试中提出更有针对性的问题；感受一下公司的人文环境和风格，以判断是否适合自己。

● 要克服小动作

面试时很容易紧张，也很容易不自觉地做起小动作。刻意提醒自己不要抖腿、搓手、捏衣角，把注意力集中在回答问题上。小动作既表现出了候选人对自己的不自信，也体现了职业素质的缺乏。我们只要稍加注意完全可以避免类似问题。

● 要有条理

把要表达的思想总结成几点会显得我们很有条理。比如，我应聘此职位的优势有以下几点，第一是……第二是……然后是……

● 要坦诚

如果说面试有什么秘诀，坦诚沟通应该位列第一。招聘方的面试官无论是HR 还是技术主管大多身经百战，求职者任何投机取巧的企图都不会逃过他们的眼睛。更何况对方如果感觉我们在说谎，根本不必确认就可以直接淘汰我们，有很多人在等这个职位。说实话，直接淘汰成本最小。

● 要知道对方是谁

搞清楚对方是谁非常重要，这样有利于我们决定展示的重点。如果我们应聘的是开发职位而对方是位 HR，那就应该用最通俗的语言介绍我们的职业和开发经历，如果对方是位技术经理，那大可谈谈最近的技术发展趋势、自己对技术的理解和自己在开发方面的长项。另外，了解对方身份也便于在没接到公司复试通知时，打电话来公司询问结果。"找人力资源部李经理"比"找公司前天面试我的女士"更可能联系上我们想找的人。

面试后的三要

● 要做记录

即使没有写日记的习惯，也请您把每天应聘公司的信息在应聘之后整理记录，至少应该包括公司名称、地址、应聘职位、提出的期望薪水、这是第几轮面试。要知道有些公司的面试流程很长，做记录有利于在得到复试通知时回忆情况，更好地准备下一轮面试。

● 要区别对待机会

不要把精力平均分配给所有可能的机会，面试之后我们对公司的情况有所了解，对自己是否能应聘此职位成功也都有预测。在做好记录的基础上，把精力更多地投在我们有兴趣的公司上。面试后再次访问他们的网站、了解相关业务、复习相关技术，为之后可能的复试做准备。

● 要打电话追踪

有时候我们本以为可以通过的面试最终并没有给我们复试通知，其中可能有各种原因。如果我们很渴望这个机会，那么千万别不好意思，拿起电话打给面试官为自己争取机会。好的答复可能是"我们打电话刚好提醒他们，最近会安排我们的复试"。差的答复也无非是"希望下次合作"，我们不会损失什么。

4.9.2　社会人求职

求职中绝大多数情况下，做好"功课"的要比那些没做的更有可能成功。公司更愿意要那些在未进入工作之前，就对公司、工作有一定了解，同时知道如何结合自己所学进行工作的人。

求职成功首先需要的是有准备！不打无准备之仗！知己知彼，百战不殆！

认真准备

很多朋友和我讨论这个问题时总是说："这个公司的工作机会也一般，我又不是去应聘 IBM、GE，没必要准备这么充分吧。"这种想法没什么不对的，但我们可以从更全面的角度去思考这个问题。

求职时的不认真心态，实际上反映出的是对职业的不认真。我们从几个不同的角度来看这件事情。

角度一：5000:1 VS 200:1

如果有 IBM 或者 GE 的面试机会，我们应聘成功的机会差不多是 5000:1；如果面试一家相对普通的公司，我们应聘成功的机会差不多是 200:1，或者更高。相比之下，应聘普通公司成功的机会要高很多。

为什么我们对概率高得多的面试不多付出点时间准备，让自己更有可能成功呢？

角度二：时间也是成本

如果真的对这个职位没兴趣，那我们应该找那些更适合我们的机会，而不是乱投简历，浪费时间。投了简历之后被约了面试，就应该以一种认真负责的态度去准备。如果是我们选择了这个职位的机会，那就应该努力准备。

角度三：负面情绪会蔓延

那种认为这个公司不值得付出精力的态度是非常容易被带到工作中的，如果您侥幸获得了这份工作，也很难在这个岗位上做得好。

求职不是敷衍，面试前的准备更要认真！当然，如果您并不在意每一次的面试机会，那也可以不准备。反正那句最俗的话说得好："机会只给有准备的人。"找到了值得付出精力准备的职位，也被对方约了面试，之后就是如何准备的问题了。据说 IBM 通知面试是提前一周，但大部分公司面试通知只是提前一天，所以有一套好的方法可以既省时又省力地达到我们想要的效果。

掌握情况

● 公司情况

公司名称、位置。如果公司名称不记得了，很笨的方法是找电话直接问对方，聪明的方法是用约我们面试电话显示的号在网络上查一下，很容易查到是哪家公司通知我们面试的。不要在没入围之前，就给人留下对这个机会不重视或者很糊涂的印象（对方会认为您应聘哪家公司都不知道，不是很糊涂，而是对机会不重视）。

● 职位情况

职业名称，相应工作大概情况。在面试时候选人不知道自己应聘的是什么职位是一件足以致命的事情，很多人因被招聘方认为自我认识不清而直接被淘汰。本来嘛，如果您都不知道来干什么，还有什么来的必要呢？

以上是最基本的，千万不要连这样的底线都触碰。

如果您有时间，也可以多了解一些。以下为掌握情况 2.0 版本。

● 公司情况

了解成立时间、成功项目、公司地点有利于我们权衡工作机会，看看机会是不是真的适合我们。至于这些信息，可以上网查，上面都有。

如果是家什么都查不到的公司，那我建议还是要慎重考虑这种机会。

● 职位情况

在网上查一下要应聘公司的人员情况、主要负责人、自己应聘的职位可能从事的工作、部门。这有利于我们针对面试有的放矢地准备。方法如下：在 Google 或者百度里输入"应聘公司名称+职位名称"或"应聘公司名称+CEO"等，有 80% 的可能会了解到相关领导的信息。如果也是什么都查不到，那么慎重考虑这个工作机会。

面试经典五问及回答思路

● 问题一 请做个自我介绍！

经典问法：请用（×）分钟介绍一下自己，谢谢！

失败案例：

A：不到 5 秒（特点：简单）

"我非常希望加盟贵公司，我感觉自己比较适合。"

B：不到 10 秒（特点：空泛）

"现在请您总结一下个人特点。"

"我踏实、肯干，工作努力。虽然没什么工作经验，但是很希望有个工作机会来丰富一下自己。完了。"

A 和 B 的问题是没内容，可以肯定之前他们没有做好这方面的准备。

回答思路：准确、全面。

自我介绍里只需要把这些特色说出来，包括自己的优劣势、职业目标、求职目的。另外，遵循"事实比空话更有力"的原则，多说实例。现给出模板如下：

我叫××，毕业于××，×年相关工作经验，在××公司（和××公司）从事××工作。（如果 1 分钟介绍是在最后，以上部分可以省略。）参与过×× 项目，主要负责××工作，项目的成功，体现了我××的能力和团队合作的精神，从中我也长进了很多，比如××。针对贵公司的职位，我的优势在于××，不足在于××。我相信以之前的工作经验和我对这份工作的深刻理解，能把工作做好。希望有机会加入贵公司，在适合自己的岗位上做出自己的贡献。

● 问题二　您有什么缺点和不足？您有什么需要提高的？

经典问法：总结了自己的优势，您认为自己有哪方面不足或者需要提高的呢？

失败案例：

A：沉默

B：回答"没想过"

以上两种回答都会在面试中给招聘方留下"对自己缺乏全面认识"的印象，应极力避免。

回答思路：

此类问题是公司想了解一下候选人对自己的不足是否能够认识到。

笼统地介绍自己的缺点或者失败，缺乏实证。比如我缺点确实很多、总的来说我的职业生涯很失败。您自我感觉这么差，哪个公司有勇气请您加盟呢？

只谈问题，不谈或者缺乏解决方法。比如我这人就是性子比较急，然后就没下文了。这方面一个比较好的回答是：性格相对急躁，但最近在×××，正逐步克服这个问题。

无法从缺点这个问题的回答中引出例子，说明已采取措施进行改进。比如我这人比较喜欢睡觉。

● 问题三　您为什么离开上一家公司？

经典问法：说说您的离职原因？

失败案例：

A：家里有事型

求职者："老家有些事情需要我处理，公司又不让请这么长时间的假。所以我就辞职了，等回来再找工作。"

招聘方："现在您已经人在北京了，而且据您所说，之前的公司你对很不错，为什么不考虑回去呢？"

求职者："既然出来了，就不想回去了。好马不吃回头草啊！"

"家里有事公司不让请长假"这个理由不知道是哪本求职书上教的，最近非常流行。10个来面试的人里至少有一个说的。以此为借口的人还经常大力夸奖之前的公司，等问及为什么家里的事处理完了，没回到原公司时又语焉不详，有的还会暴露出对公司的不满。

B：没有发展空间型

求职者："我感觉没有发展空间了。"

招聘方："那您有没有尝试过与经理沟通，了解升职的可能性呢？"

求职者："沟通过，没有了。"

招聘方："那您如何肯定在我们公司能有比较大的上升空间呢？"

没有上升空间？这个离职原因有点让人费解。职位上的提升并不一定意味着自己向职业目标更进了一步。只以此为离开公司的理由难以让人接受。

C：薪水太低型

求职者："之前公司的薪水太低了，这是我离开的原因。"

招聘方："可离开之前，您还是干了两年。"

求职者："嗯。因为没有找到合适的机会。"

人的欲望值都是在升高。如果薪水是您考虑是否离职的唯一因素，那任何公司都很难提供一个您永远满意的薪水。到头来，您还是会一边上着班，一边找薪水更高的机会。公司怎么能指望这种人努力工作呢？

D：公司内斗型

求职者："公司一天到晚搞内部斗争，我实在是没有精力应付了。你们这里人事关系是不是很复杂呢？"

有个故事讲一个年轻人问站在村头的老人："你们这村子里的人怎么样啊！"老人反问道："您之前待过的村子人都怎么样啊！"年轻人叹了一口气，说："实在是太差劲了，没一个好人。"老人说："那这里的人也都一样。"

有人的地方可能都会有些事情涉及人事关系。如果真是像上面这位面试人所讲，公司一天到晚就是内斗，那再大的公司也会很快倒掉。没有倒掉就是因为还有些人在做事情，为什么不让自己成为做事情的人呢？

E：领导无能型

求职者："我之前的领导很无能，专业就是混饭吃！"

HR："那您思考过为什么他能做到这个位置上吗？"

求职者："我认为此领导是老板的亲戚。"

一个人能开公司或者能做您的老板，必然有其中的道理。请先想清楚其中的原因，先看看您的领导有哪些地方比您强，然后完善和提高自己。任人唯亲的不良现象不是不存在，但现在公司讲的是效益和能力，不能为公司创造价值的，即使是老板的亲戚被请到公司来做事情的也很少。

回答思路：

换工作的目的，就是为了让自己工作得更快乐，更有幸福感。但离职原因却会反映一个人的心态，这对之后的公司也很重要。毕竟，新东家早晚有一天也会变成老东家。离开这里去下一家的时候，您又是如何评价我们公司的呢？公司问这个问题都是本着如此心态的。

在这个问题上只要说实话就不会马失前蹄。先肯定我们之前服务的公司给我们带来的成长和收获，然后再对之前的工作实话实说。现在有点规模的公司都会做背景调查，一旦发现候选人在关键问题上说谎，那这个候选人会马上被淘汰。每个公司都会有不足，就像我们每个人一样。如果真是因为之前公司的原因离开，那么请只说事实而不要抱怨。

● 　问题四　薪水期望

经典问法：如果有机会加盟公司，您的期望薪水是多少？

失败案例：

A：当然是越高越好，但还是根据公司规定吧。

B：你们能给多少？

A、B 的回答都体现了候选人对自己的"市场价值"没有太明确的认识。这种情况下，候选人容易被一些存心不良的公司占了便宜（给极低薪水）。

回答思路：

当被问及期望薪水时最失败的回答莫过于提出一个准确数字了。应该先明确一下公司的福利制度，比如吃饭补助、交通补助。然后根据自己目前的薪水提出一个适当合理的涨幅——要有充分的理由和依据。如果机会真的很好，自己又有兴趣，其实"平动"也没什么不可以的（"平动"指不涨薪水的情况下换工作）。

在谈及薪水的提高时比较让人反感的回答是："我值这么多。"然后就没下文了。

我本人听过最合理的一个回答是这样的。

"您的期望薪水是多少？"

"5640 元。我计算过。大部分公司都是以 12 个月为发薪基数的，在我之前的公司每年发的是 16 个月薪水，把总数除以 12 得出月薪。因为我对贵公司的机会很有兴趣，所以我再乘 80%，就得出这个数。"

无论当时候选人提出的薪水要求公司是否能满足，在这个问题上至少可以体现出该候选人的思路清楚和擅长分析，而且对薪酬的理性足以为他加分。

薪水都是双方博弈的结果，按以下思路，可让自己不至于落于下风。先打包说明自己目前的收入情况，包括底薪、福利、补助、提成。再次提醒自己的薪水底线，即"低于多少就不考虑相关工作机会了"。而且应该明确告诉对方，这样做可以节省双方的时间和精力。

● 问题五　您还有什么问题

经典问法： 关于公司和之后的工作，您还有什么想了解的？

失败案例：

A：没什么想了解的。

B：现在想不起来。

以上两种回答都在告诉招聘方，候选人对这个工作机会的相关信息了解得不是很充分，或者对此机会没有太大兴趣。

回答思路：

在面试的过程中，除了招聘方有"主动权"去问应聘者之外。应聘者通常也有机会向招聘方提问。通常，可以提 3 个问题。也是防止部分提问者喋喋不休。从提问顺序中相关负责人可以了解候选人看重什么，以便该人进公司之后能给予正确激励。应聘销售职位，候选人如果第一个问题就问到钱，相信该候选人很容易被薪酬激励。如果问的第一个问题是福利制度，可能该候选人更关注这份工作的稳定程度。

请应聘人员提问的目的一是看此人对工作的哪部分更关心，薪水、福利、保险还是工作内容；二是看此人有没有求知欲，是不是真有兴趣了解这个职位和公司。

别问应该自己解决、答案对自己不会有帮助或者得不到正面回答的问题。

能当得上"问得好"三个字的求职者寥若残星。

下面提供一些关于提出问题的建议。

编号	×问题	可能得到的回答	改进后的问法
1	贵公司今后的发展如何？	会很好！非常好！特别好！	我要在的部门会成长到什么规模？我将有何种成长空间？
2	能告诉我这个职位的薪水吗？	暂时不能回答。	不问。如果有合适意向，公司会主动向您了解的。
3	你们公司有人事斗争吗？人们之间关系复杂吗？	没有。不复杂。	此类问题均有比较固定的答案，建议就不必问了。

编号	优秀问题
1	公司是如何看待（定位）我要从事的职位的？（抓住机会进一步了解公司对职位的期望。）
2	我在这次面试当中，有什么需要提高或者改进的地方？（每次面试都应该让自己有所收获和提高。）

面试后跟踪到位

如果我们很希望加盟某家公司，那么面试之后跟踪也要到位。前提是记下招聘方面试官如何称呼，他或者她的邮箱、分机号。面试一周后，如果没有接到通知，先给公司发封感谢信，再跟着打个电话了解一下情况，不要让机会"放凉"了。

第5章

进取篇——有效提升自我

　　猎头行业有句话叫"我们不为没工作的人找工作"，所以他们总是更中意那些不愿意跳槽的候选人而非失业的求职者，很多时候候选人是被猎头拉着跳槽的。

　　动笔的伊始，就有朋友提醒我不要与《程序员羊皮卷》中的猎头内容有重复、冲突。否则影响图书的销量是小，失信于读者是大，所以本章中的内容我都做了精心的挑选。

　　《程序员羊皮卷》第11章里介绍了几个猎头关键点，展示了其中的种种机关，包括以下六部分：

> 与猎头第一次亲密接触
>
> 让猎头成为雨天送伞的人
>
> 程序员当心猎头陷阱
>
> 是金子，那就 SHOW 一下
>
> 了解猎头流程，谈判进退不失计
>
> 让心引领

　　本章重点介绍程序员如何判断和应对其中的种种风险，为自己赢得美好的职业前景。

5.1　诱惑三部曲

每个人想真正进步，首先要做到区分虚假的诱惑与真正的机会，虚假的诱惑背后恰恰隐藏着危险，只有真正的机会才能让我们取得进步。

下面分享我本人的例子，相信能给大家一些启发。

5.1.1　诱惑才知道自己有多脆弱

2006 年我结束了猎头生涯，转入某高科技企业人力资源部专职从事招聘工作。公司规模在 200 人左右，是互联网企业，发展势头很好。工作到 2007年 7 月，一家猎头公司的朋友 Susan 找到我，提供了一个很有吸引力的职位。

"好" 机会的定义

对于每个人而言，希望不断进步是基本需求，步步高是职业发现的理想状态。

当时对我而言，虽然在猎头行业的资源比较多，但任何猎头总监或其他职务，对我来说都没什么吸引力。我非常清楚各色猎头公司的状态，无论啥猎头公司，我都没兴趣。工作压力太大，投入产出不成正比是主要因素。

此次"诱惑"我的机会是：专业人力资源公司的外包团队总监，除薪水很有诱惑力之外，还有以下几个原因。

1. 专业的人力资源咨询公司，就是牌子比较大。在这种公司干过，会对我以后在人力资源方面的发展比较有利。

2. 带领团队完成目标是件很有成就感的事。这个职位可以把我的销售经验、猎头经验有效地结合起来。

而且，机会是朋友 Susan 介绍的，当时言辞中肯并希望我认真考虑一下。

说实话，确实有点心动了。即便如此，我还是用自己的方法，演练了决策流程。

我的决策过程

第一步　画个 T 表对机会进行对比

目前公司职位：

优势	劣势
离家近 工作相对稳定、有比较熟悉的环境 与目前领导配合很默契，双方已建立信任 压力适中	收入偏低 无上升空间（部门只有两个人）

新公司职位：

优势	劣势
薪水是目前的 2.5 倍 国际知名的人力资源专业公司（牌子响） 带团队（手下 12 个人）	离家远（每天 4 小时在路上） 管理的团队流动性大，环境也需要熟悉 领导风格还需要进一步了解 工作压力极大

第二步　听听身边朋友的意见

问了知近的朋友和我职场上的导师们，很快形成了两种完全不同的意见。

销售出身的朋友建议去当 Leader，理由是：男人要养家、养儿子，所以要多赚钱。至于压力，Leo 您本来就是销售出身，这点儿压力不算啥。您还没到颐养天年的时候呢！

HR 出身的朋友建议在目前岗位上继续干，理由是：现在的工作可以多些时间与家人在一起、多陪儿子，可以多些时间学习，时光一去不复返啊！而且年纪已经不小了，换工作成本太高。您现在是到了安下心来的时候了！

听过朋友的意见后，我在 T 表里又增加了很多内容，继续进行比较。

第三步　问问老婆

在处理工作和家庭关系的问题上，世上有 3 种男人。

● 赚钱少，但有时间与家人在一起，简称家庭型。

● 赚钱多，家里的事儿很少管，简称事业型。

● 在两者之间平衡，这种人非常少见，简称超级成功型。

我老婆的观点是：认为我不是第三种男人（因为能力、精力都有限），至于做家庭型还是事业型，由我自己选，哪个她都支持。

最后的结果

综合几方面的意见和我自身的情况，把两个到最后内容极丰富的 T 表进行了加权对比。

最后，我还是选择拒绝"诱惑"——婉拒了 Susan 的好意。我更愿意多些时间陪儿子的同时，有空学习，也有机会做些自己非常喜欢做的事儿。

收获

1．是人都可能被诱惑。

很多年前，一个朋友对我说："长着嘴就是为了劝别人的。"当时感触不深，但这次我深深感觉到，在别人决策时给出建议与自己做决策还是有区别的。

是人都可能被诱惑。"诱惑"刚来的时候，我也有点晕，好在我之前就形成了自己解决问题的方法。只要按照方法来，相信总是会得到对于我们自身有最大利益和收获的结果。

2．搞清楚自己想要什么

经历了这次诱惑，我更清楚自己想做什么、想要什么和想成为一个怎样的人了。有点像《指环王》第一部里精灵女王 Galadrie 经历了魔戒诱惑后所说的："I pass the test. I will diminish and go into the West."

我要说的是："I pass the test. I will stronger and clearer."

面对诱惑，我曾再次看到自己的脆弱。虽然我现在已离开 2006 年就职的公司独自创业，但从来没有因为没去做 Susan 介绍的总监而后悔，原因就在下一节里。

5.1.2 一半成功一半陷阱，让时间来证明

2007 年 7 月，Susan 介绍了某国内大型招聘网站招聘外包（RPO）团队总监的职位给我的时候，我利用 2 小时的时间写了个招聘行业分析的 PPT，对市场、竞争对手、资源情况做了分析，对方比较满意。当然，结果我没跳槽。这次合作不成，我认为就是双方没有缘分。但给我带来两点好处，一是从此开始

关心招聘流程外包的理论与实践，现在已小有心得；二是进一步明确了自己的职业方向。

事隔 10 个月，让我们再来看看当初牵扯进这事件的三个人。

姓　　名	2007 年 7 月状况	2008 年 5 月状况
Daisy	招聘方的高级副总裁	离职去另一家做 CEO
Susan	招聘方委托的猎头顾问	离职去另一家公司
Leo（我）		仍然坚持既定路线，稳步向前

试想，如果我去了这个"某国内大型招聘网站"，做 RPO 的总监，那么不足 10 月的工作之后就要面临失业重新找工作。下场极可能是失业后，在严重的焦虑中求职！

在职业发展中能让我进步和成长的就是机会，会让我退步、失业的就是诱惑！之前，我的朋友 Linda 就对我说："您把这次职业机会定义为带负面色彩的诱惑，本身就说明了问题。"她说得对，2007 年 9 月的总监机会在 10 个月之后看来，对我只是个诱惑而已。

很多时候猎头用很诱人的条件吸引我们去新的公司，是否应该接受？我的建议是：机会可以接触一下，但跳槽要谨慎。不防等半年，看看机会是否还在。高端人才难找是普遍被认可的事实，如果我们真是适合此职位的人选，半年之后职位还会有。如果职业只是临时产生的，那很快会消失。对方提出的条件再诱人，也不过是海市蜃楼而已。

5.1.3　面对诱惑我们如何理性选择

再分享个朋友 Shawn 的故事，他有近十年工作经验，技术水平一流，写过很多原创技术文章，研究领域集中在网络运维方面，在某大网站做网管，为人很厚道，之前也在几家大网站做过，总体上说职业生涯顺利、平稳。工作方面，如果说小有不满那就是目前的薪水。薪水很一般，至少相对于他目前的技术水平和能力，我认为只能算中等偏下。

2005 年，另一个网站请他去做网管，职位 TeamLeader、薪水 Double。

但此事的结果是：Shawn 并没有离开目前的公司，没有选择新的机会。

我对 Shawn 做出选择的理由一直很有兴趣了解，但鉴于涉及个人隐私，同时大家又都很忙平时难得一见，我的好奇心只好暂时放一边。事过一年之后，我见到了他，"顺便"问起其中原因。

Shawn："不要以为薪水多就是好机会。薪水是有点吸引力，当时我也权衡了很久。但最终还是决定不去，而且事实证明我是正确的。下面是我当时分析时关注的几点。

1. TeamLeader 不是我所求，我是准备走技术专家之路的，不想管什么人，对 People Management 没有兴趣。

2. Double 的只是薪水，我在目前的公司 2006 年极可能拿到股权，但去新公司就变成了从头开始，可能很难拿到股权或者参与分红。

3. 福利也是我考虑的问题。比较正规的公司福利应该都差不多——五险一金。我现在的公司就有，但当时那家新公司说不能给上。这让我很有顾虑，我快 30 了，不是刚走入社会，很多家庭事情要考虑。

4. 公司发展。这家公司从保险上给我的感觉就不太好——不正规，虽然看起来规模还行。但目前行业变化很快，去这种不正规的公司风险还是很大的。

不难看出，Shawn 的选择是相当理性而全面的。而且事实证明他是正确的。Shawn 没去"亲吻"那个新的机会，同业的一位 KK 去了。只过去了短短一年，那家公司就因经营问题解雇了 KK。原因很简单，业务萎缩了，不需要这么高薪水的网管。而 Shawn 呢，一年之中在公司里又成长了很多，学到了很多，提高了自己的市场价值。Shawn 准备过了阴历年和公司再谈谈加薪的事，承担的工作多了、能力强了相信这是顺理成章的事。如果加薪未果，Shawn 准备理性地找个更好的发展平台——丰富和加强自己的实力。

☞ Tips：机会有时穿着问题的外衣

机会有时穿着问题的外衣，危险出现时却总是面带笑容。让我们学会理智和机警，在职业道路上找到真正属于自己的一片蓝天。

5.2　让猎头助力职场

众所周知，猎头是我们前进的助力器，他们手中的职位往往薪水有竞争力、能提供很好的发展空间，不少朋友能在职场上有飞跃式的发展猎头从中起到了很大作用，那么如何让猎头成为我们职业道路上的帮手、让我们自己能借他们之手跳槽成功呢？

本节我将为您揭开猎头的面纱，让您了解其背后的逻辑，如此我们就有机会"知己知彼、百战不殆"。

5.2.1 了解猎头流程让自己重点被推荐

猎头工作原理及运作方式

标准的猎头项目大多包括如下几个步骤。

每个猎头顾问和猎头助理都背负着极大的工作压力，他们拿到的所有薪水都只是提成的预支形式，每天负债工作。想象一下保险业务员您就会知道了——没有业绩就没饭吃啊！如此动作方式，如此压力之下，导致了明显的后果：在寻访中，合适的候选人会被猎头争着推荐给客户；不合适的候选人会被立刻淘汰。从外部看来，猎头顾问的种种表现都很短视——如果找到的候选人经判断后不适合客户的要求，那么候选人的简历可能根本没机会被用人的公司看到；如果候选人各方面的条件都很符合招聘要求，猎头顾问会想尽一切办法让候选人到用人公司入职。年薪20%~30%的猎头服务费就是他们的动力。

心态放平、顺其自然

被猎头联系时，如果我们处在不急于找工作的阶段，那么大可顺其自然。如果我们真是此项目适合的候选人，那么猎头会经常联系我们，尽力推荐他（或她）手里的机会给我们。他们会建议：有没有兴趣换工作，至少先去面试一下。

接下来，如果一次接触之后再没有猎头的消息或者猎头只是让我们推荐业内其他朋友，那就说明：猎头顾问经判断后认为我们不适合目前手里的项目，其实之后他们再联系我们的可能性也很小。

问题来了，如果我们正在四处找适合自己的机会，而猎头对自己的客户（用人公司）的需要把握不准确，那我们则可能失去一个好机会，况且猎头手里多是 500 强的职位，谁不想试试呢？提高一下自己的面试技巧，了解一下自己目前的市场价值也好啊！那么如何能让我们被推荐，下面我分享些个中窍门吧！

三招一式让自己被重点推荐

掌握下面的心理战技巧并合理运用，我们不但可以被猎头推荐，而且可能被猎头重点推荐给客户（一个职位猎头会推荐 3～5 位候选人，有重点推荐和一般推荐两种）。

第一招：行业知识体现能力——告诉猎头我为什么合适！

毕竟，客户付了咨询费（中介费），猎头公司只给客户推荐最适合、最优秀的候选人。猎头判断我们是否合适的原则就是看我们对自己所在行业的知识多少、我们是否是本行业的专业级人物、我们在行业里是否知名。

相对于我们从事的行业，猎头顾问只能算个外行。对行业的态势、竞争情况、上下游资源分布，猎头顾问只能从二手资料（网上或者其他媒体）中了解个大概。所以体现我们的知识广博和专业性不是难事，只要：

1. 多涉及些专业词汇

猎头作为行业知识相对缺乏的"外行"，在与专业人士沟通时本身心里就已经发怵了，再加上我们用几个行业专有词汇进行"轰炸"，自然认为我们非常专业。

有个猎头顾问做 OTC 销售经理的项目时，一位候选人电话里大谈什么药物构成，时不时插入几个外行根本听不明白的医药专用词汇。猎头顾问于是认为这个候选人很专业，第一时间推荐给了自己的客户。

2. 多谈行内人士

猎头可能是在寻访到其他候选人之后才联系上我们的，行业相关的候选人他们可能都接触过。沟通时，多提些行业里的知名人士、竞争对手里相关人员的姓名，是让猎头认为我们非常资深的另一个原则——说明我们确实对行业、行业里的人有所了解。

因为工作压力很大，多数猎头都很"贪婪"，潜意识层面，他们非常需要行业资深人士的帮助。我们通过谈业内情况传递的信息是：我就是您要找的圈内人。

3. 提及我们在行业里所取得的成绩

告诉猎头我们在行业里取得的骄人成绩，用我们之前辉煌的"战绩"赢得猎头顾问的尊重和认可。如果我们还没有什么好成绩，那么请尽快在目前的岗位上取得。作为技术人员，我个人认为把自己的想法总结成书，是体现自己实力和成绩的一个比较好的方法。

有刚才提到的两点铺垫，再加上我们所展示的业绩，猎头会马上认为我们很适合相关职位。多数情况下，他们会开始介绍客户公司和职位的相关情况。

第二招：紧贴需求调整简历——告诉猎头我怎么合适！

多数情况下，猎头顾问会先发个有关职位描述（JD）的邮件给候选人，我们收到邮件后根据自身职业特点、工作经历，有针对性地对简历进行修改，发给猎头，以吸引眼球。

特别建议：太多人求职时只用单一内容的简历，这种简历的优点是让自己看起来适合任何职位，缺点是自己的哪个特长都不会被突出，所以还是建议针对不同的职位、不同的职务工作内容，对简历进行修改——与应聘职位相关的保留，无关的删除。

适当迎合需求有时能让我们抓住更多机会。

第三招：展示我们的价值——告诉猎头我们的其他价值！

猎头都有业绩压力，候选人如果直接告诉猎头自己在业内有很多人脉，时机成熟可以帮其介绍候选人和客户。即使自己不适合这个职位，也可以推荐业内其他朋友，猎头顾问视这种能助人为乐的候选人为天使，一定会尽力推荐给客户。即使此候选人不太适合这个机会，也可以通过该候选人的介绍得到其他候选人，何乐而不为？

还是那句话，因为工作压力大，猎头都是"贪婪"的。

一式：与高水平的猎头顾问保持长期沟通

很多猎头因为项目时间很紧，当联系上潜在候选人时一发现不适合，而且又得不到其他帮助，会很快"放弃"这名候选人，候选人也会很快被忘记，说直白点，就是没用的人会被尽快抛弃。

如果猎头顾问联系我们时，作为候选人的我们能表现出足够理智（实在不适合，就放弃机会）、高水平的职业度（可以帮猎头介绍正在找工作的朋友），那么猎头对我们会有很好的印象，利用这个光环效应（HoleEffect），一些优秀的猎头会愿意与我们保持沟通。与高水平的猎头顾问保持这种关系，对我们的职业发展很有利。因为见多识广，他们可以在职业方面给予我们中肯的意见，同时如果有适合我们的机会，他们也会第一时间想到我们（毕竟猎头行业里高手就那么几个，500 强的项目也都会希望由高手来做）。此外，猎头还能从与我们的沟通中得到部分心理补偿，以表示他们不是极端势利的。

5.2.2　猎头推荐失败原因分析

猎头推荐的成功率在 20%左右，除正常竞争因素之外，我认为个中原因应该不外乎下面三个。

一方没诚意

有时是候选人没诚意（只想看看自己到底市场价值几何），有时是公司没诚意（想从面试中窃取商业机密）。在没有诚意的前提下面试，双方合作的基础已经动摇，根本无从谈起成功。更有些可恶的猎头顾问，为了使自己之前推荐的第一批候选人能被客户录用，体现自己的专业性，特别在第二批推荐几个"弱势"备选，好方便第一批推荐的候选人入职。这种注定失败的面试只能浪费候选人的时间。

判断方法：从心理方面讲，说谎的人多少都会有些心虚，除了极少的天生说谎者。在面试之前，直接问猎头，推荐了几个候选人，情况如何？他认为您有哪些优势比其他人更适合这个职位。如果对方语焉不详、支支吾吾，只说面试之后您会知道，那多半这个机会有"诈"，要多加留意！不是此职位事先已内定，就极可能是猎头顾问的客户想了解一下行业信息。沟通时，我们要多加小心。

一方自身认识严重错位

这几乎是我见过猎头推荐职位失败最常见的原因。表现形式就是：薪水双方谈不拢。候选人认为自己在面试时展示了全部特点，而且自己特别适合这个职位，自认为胜券在握，于是提出一个**令自己很满意的薪水要求**，有时候远高于市值；相对地，公司则认为候选人基本合适，但并不是最佳人选，最多作为备选，**而且太贵**。此类错位一旦发生，多半候选人不会有进一步的消息。因为公司打算真的没有更合适的候选人，才可能考虑我们。但是，现实生活中总是有更合适的候选人，猎头行业有句话叫：没有最适合，只有更适合。千万别以为什么职位是为一个人定做的。99%的结果都是候选人被搁置"冷宫"，不再被提及。

应对策略：初试之中如果候选人感觉一切顺利，就可能有相对高的自我认知，这种评价正常情况下会高于招聘方对候选人的评价，每个人内心之中都认定自己是比较聪明或者最聪明的。如果想准确掌握对方给我们的分数，那么有一个极简单易行的方法——问猎头顾问。猎头顾问作为双方的缓冲，会比我们更准确地掌握信息，他们大都会直白地告诉我们差距在哪里，对方有可能出的薪水是多少。有了猎头这个缓冲，我们可以降低因为过高要价而导致面试失败的风险。

机缘不凑巧

经我面试后，进入不同公司的候选人已超过 400 人，收到 Offer 之后，我都会对他们说："能合作是大家的缘分。"

随着面试次数越来越多，经验越来越丰富，我发现很多事都要看机缘，说白了就是概率。机缘不凑巧的事时有发生，明明是非常合适的候选人，结果因为离职没有办好而失去了机会；很优秀的面试者因为晚被推荐了一步，被别人抢到了机会；双方都很满意准备入职时，公司战略突然变了，候选人无法入职等。

如果有好机会缘分没到也不必气馁，静下心来继续努力干、认真找，相信好机会就在前面等着我们呢！

5.2.3 猎头乌龙事件

猎头有时候也不能全信，即使他们愿意遵守承诺有时也会出问题，下面是我的亲身经历。

2005 年 11 月的时候，我手里有个研发主管职位，一位朋友 Tmo 推荐了她的好友 Avil。从条件上看人很合适，聪明肯干，就是资力浅些，如果工作努力应该提高很快。我将其与其他两个候选人一起推荐给了客户。Avil 与其他两人一起进入面试流程，一面是笔试和研发经理面试，二面是 HR 面试，都顺利通过，按流程 Avil 的职位原则上部门就可以决定。在其他两位竞争者被淘汰后，客户的 HR 部门通知我可以让 Avil 准备入职了。于是我转告 Avil，让她在原公司辞职并帮她确认了新公司的上班时间。

突然，客户公司的老板说研发主管职位很重要，希望再面试一下。当时我感觉不太好，事实证明结果确实不好。Avil 没有通过第三次面试。客户衷心地向我表示了遗憾，Avil 不能入职。

请大家注意，我已经让 Avil 在原公司辞职了，结果是害得她直接失业。这种情况下，我显得十分被动。得到这个消息后的半小时里，我做了几件事，一是马上通知 Avil 不能入职的消息，二是动员我所有的猎头和 HR 方面的朋友帮她留意工作机会，三是把 MSN 的名字改成："我要推荐一位优秀研发主管，有需求请联系我！"

虽然事情最后有惊无险地得到了解决，但是仍然可以给我们不少启示。

启示一：先拿到下家的 Offer 再提出辞职。

启示二：即使得到新公司的入职承诺，在正式向现公司提出辞职之前，仍然要向业内朋友多方打听新公司是否之前出过类似的乌龙事件，有没有突然取消职位的劣迹。如果有，马上放弃此公司的机会。

5.2.4　成为猎头眼中的"宝"

最近给程序员 Sue 做职业咨询时，她提出了一个好问题："为什么相同部门、从事相同工作的人受猎头'骚扰'的频率会有所不同？"下面我就以此为基础谈谈如何成为猎头眼中的"宝"。

Sue 说："我和同事 Amy 吃饭时的谈资就是这个月有几家猎头公司'骚扰'她，据她自己讲月平均 2 次，有些猎头还会推荐不同的工作机会给她。我和 Amy 部门相同、工作相似，却很少有猎头联系我，平均一年也就 3 个左右。

而且都是在我不想换的时候问我有没有兴趣考虑新机会，等我想换工作再联系猎头时，他们都像是变了个人，都说'没有适合您的职位'。为什么 Amy 总是被猎头骚扰，而我却是门前冷落鞍马稀呢？有什么办法能提高猎头对我的关注度，让他们不断推荐机会给我呢？在我需要机会的时候把机会摆到我面前？"

偶尔一次被猎头推荐并不难，难的是如何让他们在我们需要机会的时候推荐。在我看来，能让猎头"适时出现"的唯一方法就是让猎头拿我们当"宝"，一旦有适合机会就推荐给我们，而且反复推荐适合的机会。如果能按下面的公式做，相信可以大大提高我们在猎头眼中的价值。

技能 50%+位置 30%+态度 20% = 有机会反复被推荐

首先具备相关技能、成为佼佼者，无论我们是升职、加薪还是被猎头关注，都是以此为基础的。由于推荐的候选人成功入职之后，猎头才能收到猎头费，所以，如果是销售职位，猎头会考虑接触的候选人是不是行业里最有资源的，之前有多少成功案例；如果是技术相关的职位，猎头会考虑候选人的技术水平是否在行业里拔尖，是否是人高于众的技术专家。我们具备了被关注的条件——高超的专业技能之后，就要抓住机会让外界关注并了解我们（具体方法参见《程序员羊皮卷》第 11 章 11.4 节——是金子，那就 Show 一下）。

其次是位置，候选人所处的行业、所在的公司、所从事的工作决定了他们是否被猎头关注。

2002 年我在家小外企做销售的时候，猎头行业对我而言还充满了神秘感，当时想换工作又找不到猎头，于是就向一位销售行业前辈曲岩请教方法。曲岩是世界上最大的软件公司的北方区域销售。在我提出问题的 1 分钟之后他发了个邮件给我，里面有 40 个猎头顾问的姓名、手机、公司名称。这些都是平时骚扰过他的，他让我挨个打电话问问有没有适合我的机会。

好的公司能给我们一个大而高的平台，站在上面不但可以看得远，也会让我们相对显眼。猎头顾问做单时，寻访候选人第一枪都要瞄准行业里最大或者排名前几位公司中相同职位的人。大公司的候选人才有机会反复被猎头"卖"，因为很多中小公司都盯着同行业大公司里有经验、有资源的人。想让猎头推荐给我们好机会，我们就要先在行业里有个好位置，这在猎头判断是否反复推荐我们时起到 30%左右的作用。

最后是候选人对猎头的态度，忘记是谁说的了，"生活像一面镜子，我们要经常对它笑"。对待猎头的态度大体可分为以下三种：回避、利用、合作。有些人不需要跳槽，比如公司创始人、元老级员工等，因为不用猎头帮助，所以他们采用回避的态度对待猎头。利用猎头是职场上最常见的形式，候选人把猎头当工具，需要用的时候拿来用用，不需要的时候扔到一边。这就是很多候选人被推荐给公司没成功不会被猎头再次推荐的根本原因所在。相互利用很多时候导致了一锤子买卖，很难产生长久的合作。

第三种候选人对待猎头的态度是合作。无论猪头推荐的机会是否成功都是建立合作关系的开始。优秀的候选人从来不只是从猎头身上索取工作机会，他们还会成为猎头在本行业的导师，帮猎头普及行业知识、分享行业信息、提供其他候选人。候选人把猎头当伙伴，猎头才会把候选人当宝，一旦有职位机会他们会考虑那些曾经给自己提供过帮助的人。猎头顾问相信，即使他们联系的候选人不适合推荐的职位也会推荐适合的人来应聘。优秀的候选人会成为Malcolm Gladwell 在"Tipping Point"（《引爆点》）中典型的 connectors，信息在此处被有效传播，最终帮猎头解决问题。这样的候选人怎么可能不被猎头当成宝贝呢？2006 年的时候，我曾经给同一位候选人提供了 5 个不同公司的机会，虽然因为种种原因他至今仍然没有换东家，但有信息我都愿意与他分享。他对我在相关领域中的所有项目都有帮助，我需要这个优秀的合作伙伴。

技能是基础、位置提供了被关注的可能、态度决定我们是否能被猎头反复推荐。我相信 Sue 最后得到了满意的答案。

5.2.5　擦亮眼睛，识别猎头三大骗招

"我最近确实在考虑新机会。您提供的职位大概薪水是多少呢？"候选人Julia 问。

"咱们还接触不多，我现在还不能立刻告诉您对方能提供的薪酬情况。目前，我唯一可以向您保证的是：客户对我们推荐的优秀候选人的薪水是上不封顶的。要不咱们安排个时间见面沟通？"猎头顾问 Leo 说。

相信有与猎头接触经验的朋友对上面的话并不陌生，但是里面的潜台词和骗招却不是所有人都能听出来的。"猎头陷阱"即猎头虚构职位拉候选人跳槽，表面上是给候选人提供新机会，其实是帮候选人现在的公司清理门户。今天我来说说除了之前提到的极端的陷阱之外，猎头最常用的三大骗招及我们的应对

策略。

要是去问猎头顾问"什么是他们吸引候选人考虑新机会的最有力法宝"，如果猎头顾问愿意说实话，那么回答必然只有一个——更多的薪水。很多时候，猎头面临的真正问题不是客户提供的薪水不够多，而是猎头并不知道客户会为候选人付多少。如此情况造成了吸引候选人的困难，于是就发生了本文开头的对话。真实的情况是，猎头顾问并不清楚客户为此职位定的薪水范围，多半客户只说："找到适合的人，薪水都好谈！"如此一来，猎头顾问只能以含糊的回答吸引候选人去面谈。在面谈当中，猎头既可以了解候选人的目前薪酬情况，包括底薪、奖金、期权，又可以了解候选人的薪酬期望。相信到面谈结束时，猎头顾问对薪水的答复依然含糊，极可能是："肯定比您目前的高，具体高多少要看您和客户沟通的结果。"

您会说："也算不上骗招啊！我最多是白跑一趟，认识个猎头朋友而已，没损失。"请注意，我说的只是一种比较良性的情况。绝大部分猎头不是天使，他们可能只是骗我们去面试，给自己上次免费的培训课，了解下行业背景和此行业中的收入、人脉等情况，更有甚者猎头手里根本没有职位，只是为今后找人做资料准备。

真是这样，应该怎么办？

"让猎头先讲清楚，说明白"是处理这类情况的不二法门。如果猎头不方便说出薪酬范围，那么说说哪家公司在招聘，什么职位，负责什么，请先在电话里说清楚，以免浪费大家时间。我们在自己的行业里是专家，对方说出这些情况，新职位是哪家公司，什么风格、能提供多少薪水，相信我们自己已经心里有数了。什么？猎头顾问您也不知道，需要见面谈？那请您做好功课再来找我吧！BYE！

上面的骗招多发生在开始猎头吃不准职位薪水或者想给自己增加行业知识时，在候选人通过了猎头面试、新公司的面试之后，真正进入薪酬谈判阶段，有时候会发生下面的对话。

"对方很认可您的资力和能力，希望正式邀请您加盟。只是有个问题想再跟您沟通沟通。"猎头顾问 Leo 说。

"好的，什么问题？"Julia 说。

"这是家初创公司，您从各方面都很合适，但为了让高管与公司共命运，您的薪水不会很高,对方准备用期权或者其他形式把余下的部分补齐。您看行吗?"猎头顾问 Leo 说。

别以为猎头是刚刚知道新的职位根本达不到您的薪水期望的,面试之后他们就心里有数了。听到此处,您可能会想:"开玩笑呢?给不了那么多钱,还跟我谈什么呢?浪费大家时间!"猎头的考虑是:推荐个比职位要求资格和薪水略高的候选人给客户,既能向客户证明自己的挖掘(Search)能力,又能在候选人入职之后多收些咨询费。如果客户对候选人满意,但是又不能支付更高的薪水,猎头会以"政策优势",诸如公司美好的未来、更大的管理范围、可能的期权奖金等吸引候选人"就犯"。此时的候选人多半被新机会所展示的美好未来所吸引,欲罢不能。

既然这样,要不要考虑?回答是:"要有对方公司的文字承诺。"我见过很多候选人放弃了高薪、为了赢得更多空间跳槽之后,发现新公司很多方面都让人失望,因为没有高级授权,自己无法开展工作。多半是之前并没有与公司沟通好。如果没有更高的薪水只有"优惠政策",那么请把相关条件写成文章,盖章发给我。这种自保的方法虽不能保证我们不被骗,但可以让对方多一重顾虑,有些公司会知难而退。没有更多薪水,那么请猎头帮我们拿到这一纸承诺。

最后一个猎头骗招是有关职位的。开始谈的时候是副总裁,到面试的时候变成了总监或者总裁助理、部门经理的事情在业内也经常发生。如果质问猎头,他们多半会说:"是客户之前没交待清楚。"真正的原因可能是猎头自己没搞清楚或者恶意说谎,只是为了骗我们去面试充数。

真这样还需要考虑吗?

不必考虑了。把这个猎头顾问拉进黑名单里,安心等待高素质、高水平的猎头顾问,更好的职位机会来找我们的。

总之,猎头从业人员素质不高、项目时间压力过大、竞争日趋白热化是导致猎头在做单过程中对候选人使用骗招的原因。作为候选人,我们要有能力搞清情况、识别和应对骗招。

猎头有骗术,接触需小心!

5.2.6 猎头过招:宁静可以致远

2009 年,受金融风暴的影响,各公司裁员之风很盛。我周围的一些朋友也或多或少受了影响。这让我想起猎头行业的一些往事，2006 年时某著名手机生产商 S 的跨国研发部被同行 O 收购前进行了调整。我朋友 Susan 刚好在 S 的手机客户端研发部当 Leader。当时，S 公司首先砍掉了收购之后不会保留的部门，留下的员工则计划到 O 公司上班，S 公司给留下的人两种选择方案，其一是拿上 N+1 的赔偿走人，其二是与团队到 O 公司上班，如果能在 O 公司干满一年，第 12 个月时则多发一个月工资。两个方案都考虑到了员工的利益，想走的可以拿到赔偿，也让想留下的员工感觉更有保障。

方案摆在面前的时候，Fiona 毫不犹豫地选择了前者，当时她的话我至今还记得。她说："又不是找不到工作，先拿到赔偿更可能实现自己利益的最大化。"Fiona 离开 S 公司的第二周就在另一家国际手机软件客户端开发商的公司上班了，薪水上涨 10%，试用期薪水不打折。

与此形成对比的是 Fiona 在 S 公司的前同事 Amy 和 Tom。在 S 与 O 合并之前的 4 个月，Amy 因为感觉工作可能不保，主动接触猎头后，换工作到了 O 公司，条件是薪水涨 10%，试用期工资打 8 折；另一位同事 Tom 接受了 S 公司的条件继续去 O 公司上班。我们来算个账吧，假设 Fiona、Tom、Amy 之前的薪水都是 1 万元/月，到 S 公司都是 2 年（按劳动法规定，裁员时可拿到相当于 3 个月薪水的赔偿金）。

Fiona 在之后 1 年里的所得如下：

3 万赔偿金+1.1 万/月*12 个月=16.2 万

Tom 在之后 O 公司 1 年里的所得如下：

1 万/月*12 个月+1 万=13 万

Amy 在之后 O 公司 1 年里的所得如下：

0.88 万元*3 个月（试用）+1.1 万/月*9 个月=12.54 万

三人可能都经历了工作转换的阵痛期和试应期，从现金收益上讲 Amy 是最差的。主动联系猎头难道有什么错吗？还是其他地方出了问题？

看到公司或者行业形势不好的时候与猎头联系看看有没有新机会绝对是正确的方法，但真正要动的时候要多考虑一下，多想一想。手里有几个机会任自己自由选择是一回事，真正换了工作到一家新公司上班是另一回事。象棋里有句话叫"有时候威胁比打击更有力"，这个道理也能用到工作转换中。下棋时，没走下一步之前打击对手的方法有很多种，一旦落子威胁就变成了真正的打击，有时候落子错误会让对方扭转局势，让自己尽失先机。工作选择的机会再多，最终我们也只能选择一家去上班。这个选择如果最终被证明有瑕疵，小则影响我们的收入，大则影响我们事业的上升曲线。

生活中没有绝对的对与错，故事中的三个人都做出了自己的选择，Tom 稳健、Amy 主动、Fiona 成熟，他们也都得到了不错的结果，相较之下 Fiona 选择之后的结果最好。不可否认 Fiona 平时积累了一些猎头的资源，也请注意 Amy 也积累了相关资源，这次还帮自己换了工作，但是从结果看并非最优。Fiona 看到机会并没有急于离开目前的公司，而是等到一个最适合自己的机会才离开，继而奔向属于自己的未来。能做到如此沉着的人在平时的职场之中并不多见，能有如此良好表现，一是缘自于对自己能力的认识和自信，二是缘自对行业时局把握得比较准确，这些都是需要长期积累的。

在一个如此喧嚣的世界里，机会来的时候能做到"请等一等"的人，多半都有比较好的结果。最优秀的候选人都具备两个基本素质：不拒绝机会、不轻易承诺。前者意味着有开放的心态，而后者是成功的关键所在。很多年前，我做过一个项目，候选人阿龙从各个角度都很适合我提供的机会，同时他也有兴趣接触和了解这个机会，几轮面试之后双方都相互满意，但阿龙表示要再考虑考虑，1 个月过去了我没得到他准备入职的答复，项目本身却突然发生了戏剧性的变化，客户公司因其他原因取消了这个职位。事后想想，真的很悬，如果我当时努力地劝候选人离职，候选人又积极配合，但等一切 OK 后，客户的职位却取消了，无疑是害了候选人，也有损我的猎头声誉。

与猎头接触时"重承诺，但不轻易承诺"很多时候是上佳选择。"宁静可以致远"多少可以折射出一些成功人士的心态。

5.2.7　我能主动联系猎头吗

Leo，您好！

一周前我还是一名外企开发主管，因经济危机影响，遭遇裁员。现在正在努力找新的职位。

在网上一直关注您的专栏，受益多多。我想问一下：

现在有家公司的职位非常吸引我。除了自己投送简历以外，我能否主动联系猎头，例如，我想联系之前有交往的猎头顾问，请他看看能否帮忙举荐一下。

如果主动联系，是不是很合适呢？

多有打扰，期待您的回复。

谢谢！

一位求职人员

来信求助者的想法相信很多人都曾经有过——能否让猎头帮我们这些候选人推荐工作机会呢？

答案是：不能。候选人对猎头的态度应该是：**不要过分指望猎头！**

坦率地说，没进入猎头行业之前我也有类似幻想。有"哪怕给猎头些钱，比如入职后的一个月薪水，只要有份好工作也值得"想法的人相信不在少数。

我先展示一下，完成这种构想对猎头的难度吧！

假设我还是 4 年前的猎头顾问 Leo，而您是我之前接触过的候选人 Neo，现在您需要找工作，同时指定了某家企业 OO，希望我能帮您推荐进入这家公司。

很难保证 OO 就是我的客户，所以第一步是商务拓展（BD），让 OO 买我的猎头服务。于是我打电话给 OO，几经周折找到说了算的关键决策者——HRD 或者总裁。得到与他们见面的机会后做陈述（Representation），我介绍自己的猎头公司和我自己之前的成功案例，比如公司虽小但实力超强、为很多 500 强成功服务过、专注高科技领域、我还可以提供几个候选人供调查。巧舌如簧地说服了 OO 公司最终与我签定猎头协议之后，他们的 HRM 会给我几个职位考查一下我的团队搜寻候选人的实力。猎头服务大都是先找人、后付费的。我如果不能在两周之内提供有竞争力的候选人，那之后的合作就别想了。OO 公司给我的职位特点是：必定是在市场上极难找或者根本找不到人，不然他们也不会支付候选人年薪的 20%给我作为猎头服务费。感谢主，里面有您期望的职位 A。

上面提到的是猎头与公司之间的交流，想成功入职这只是完成了一小半。接下来应该把您第一时间推荐到适合的职位 A 吗？别急，还早着呢！我要把拿到的所有职位进行系统分析，当然也包括职位 A。分析之后，我和我的团队会在相关行业里有针对性地划定不少于 5 家与 OO 直接竞争或者有上下游供应关系的公司，作为挖角的目标公司，从这些目标公司里寻访 10～15 个水平相当的候选人，经筛选后推荐 3 位去 OO 面试，如果 Neo 您的能力是这 3 个人里最出色的（说实话，这种事情其实不太可能发生），那么您才会被推荐。请注意：您是和至少 2 位实力相当的候选人一起被推荐给 OO 公司的。HR 部门会根据我们写的猎头推荐报告安排面试。猎头推荐报告其实就是加强版简历，除必要信息之外还包括了猎头对候选人的判断和评价。我们再次假设，您是我推荐的候选人里最适合这个职位的，同时在企业面试中得到了 HR 部门和 OO 高层管理者的认可。

写到这里您可能会问，这下我终于可以入职了吧？

还是不能。按业内规矩，现在 OO 公司还有其他 3～6 家猎头合作伙伴盯着这个职位。我们按每家猎头公司推荐两个人来算，只职位 A 就有另外 6～12 个候选人等着进入面试流程。想入职，您就要能保证自己与这些候选人相比也是最适合这个职位的。能做到这一点，入职才有把握。

猎头顾问 Leo 我在此项目中做了 N 多事，但最后还是很难保证回报。说实话，推荐您进入企业的整个过程足以让任何一名猎头顾问气馁。如果我还是猎头顾问，这种事情肯定不会去做的——投入太多，回报太小。

这就是为什么国内还没有一家猎头公司是为候选人收费的原因。猎头公司成功服务一家企业所投入的时间和精力要远远低于成功服务于一个候选人的。更何况服务个人还具备变数太大、不稳定性高等特点。

如果我们真想进入某家公司还有别的法子吗？

当然有——跳过中介直接联系企业。作为候选人，您权衡过自己应聘某个职位的优势和特长后，可以直接联系相关公司，即 Neo 可以直接打电话或者写邮件给 OO 的 HR 或者用人部门。即使不成，也只是丢了点儿面子的事儿。如果 OO 公司对 Neo 有兴趣，安排了面试甚至最后入职成功，那么这样既为企业省下了一笔不菲的猎头服务费，又让 Neo 少走了很多弯路，何乐而不为！

所以，如果我们就是 Neo，直接联系 OO，让以后的准东家全面了解我们吧！这样更好、更直接、更高效！

5.2.8 猎头心黑手狠的原因

没有通过猎头面试的候选人，不太可能被推荐给客户。猎头面试的通过率低于40%，下面我来说说为什么他们心黑手狠。

"虽然英语不怎么样，但我突击一下英语，面试至少应该没问题，希望遇到个好心的猎头顾问。Leo您感觉这样行吗？"研发经理Cathy要应聘国际知名企业时这么问我。因为该JD（职位描述）里提到工作语言是英语、口语是必备条件，Cathy对自己有点担心。

很多候选人都抱着"靠突击或者作假蒙蔽猎头，继而被推荐到企业后成功入职"的心态。他们认为：反正猎头也不真正懂业务，所以好蒙。比如，做测试经理的职位时猎头不太可能是技术出身，找财务总监时猎头也未必真干过销售。其实根本不是这样的，猎头有自己的方法。

必杀技之外语

虽然近期民企也有所改观，但能用得起猎头的都是国外公司。不像有些公司招聘时英语要求是装门面，能让猎头找的职位都有相当级别，很可能汇报对象就是外国人，所以语言必须过关。证书只是一方面，要张得开嘴，说得清事儿。

我曾找过研发经理职位，年薪40万，汇报给远在欧洲的集团CTO。接触到资力和能力都比较合适的候选人Tim。在电话里我问Tim："您英语如何？本职位对英语有相对高的要求。"Tim说："还不错啊！写英文邮件可以。口语虽然不太用，不过我总看原版外国大片儿。"Leo说："请您用英语介绍一下自己吧，另外说一下最近的一个项目，谢谢！"Tim说："呃……"那是2005年，网络语言还不流行，现在知道了，用囧这个词来形容我当时的状态是很合适的。看大片不同于日常交流，经常看带字幕的大片不代表能听懂外语。

必杀技之背景调查

猎头顾问不可能熟悉每个行业的每个职位，但他们要面对的客户却来自各行各业。猎头不具备此行业的专业知识完全不会影响他们对候选人的准确判断。背景调查（简称背调）就是方法之一。顾名思义，背景调查就是就候选人的情况向其周边的同事进行了解和调查的过程。国外有专业的背景调查公司，目前在国内暂时还没有，但每个猎头都有一套方法。

进行背景调查之前，猎头公司会通知候选人并请他或者她提供背景调查人员名单，多是候选人之前的上下级或者公司HR。按常理，大家都会将自己关系好的同事推荐给猎头让他们调查，如果是作假也好配合。不要以为这样就万事大吉了，我用过一套有 36 个问题的背景调查问卷，只需要问出其中 18 个左右的问题，再通过其中相关联的是否一致就可以判断出候选人是否有作假，比如是否夸大了自己的销售业绩、是否提升了自己的工作级别等。

"您必会遇到个心黑手狠的猎头顾问，然后被淘汰！"在 MSN 上我如此回答 Cathy。

猎头可能不具备相关知识，有方法就足够了。心黑手狠也是为了自己在行业里竖立口碑，继而长足发展。作为候选人，只能老实地提高自己的水平来为自己赢得机会，讨巧的方法是很难蒙混过关的。

5.2.9　诚则隆至后世，诈必当身即亡

朋友问我："对与猎头打交道有什么真正的秘籍可言吗？还是全都要靠经验，只有候选人自己摔倒过后，才能知道怎么办？"回答是："当然有秘籍，同时求职者也可借助第三方的经验让自己有所提升，借助猎头让自己在职场上有所飞跃。"

与猎头打交道无非是候选人希望通过此形式给自己争得一个或者几个好机会。既然是假他人之手找机会，那其中有些方法是必然要特别注意的。像所有领域一样，与猎头打交道也可以分成"道"、"技"、"术"三个层面。"道"指其中的普遍规律，"技"指其中的方法和技能，"术"指实施中的技巧和细节。与猎头交流之中，大多数候选人都能领悟到"技"与"术"的层面，但与"道"的要求还有一定距离，此层次的主要不足是遇到"新问题"时还是无从下手。比如，著名的微软井盖儿问题后背考查的是逻辑能力，只背解法不明就里都不能确定下次能通过面试。再比如，很多候选人在猎头面试时自我感觉良好，但是最后总是不明原因地被淘汰。

想做到圆通的层次多半要"悟道"，即在掌握技巧的同时也掌握解决问题的思路。悟道之后方能无师自通。猎头中的"道"至少包括以下三个层次。

价值论贯穿始终。无论我们处在职业巅峰还是底谷时猎头来联系我们，第一个要问自己的问题是"我能为猎头，为他们的客户创造什么价值？"想让猎头成为我们职场的助力器就要让对方看到我们能为其创造的价值，互惠互利是合作地基础。即使这次职位不适合我们，也不要把猎头拒之门外，看看我们周边的朋友是否有适合此职位同时考虑新机会的，所谓与人方便自己方便。这一

举动体现了我们的热心与行业人脉,后者正是猎头所缺乏的。在浮躁的时代里,很少有人愿意静下心来积累。只凭此点,猎头就会认为我们有"长期利用价值",正因如此有合适的机会时猎头才会第一时间想到我们。

如果说真有什么求职之中要遵循的法则,那必定是**"坦实但不愚蠢"**。不说谎是前提,无论对猎头还是对他们的客户。没有天生的说谎者,我们的不诚实必然容易被对方揭穿,更何况现在对中层以上候选人都会有背景调查的手续,不诚实只会让我们失去信誉和机会,正所谓"诚则隆至后世,诈必当身即亡"。"不愚蠢"是此原则之中的第二部分。"孔子笔消春秋"必然去掉了些他认为不合适的部分,但孔子并没在这个问题上说谎。把握好求职的节奏,不方便的问题可以不谈或者很有技巧地谈。之前有朋友 Jack 被裁员后猎头提供了新机会,他问我:"要不要说被裁的事。"我的回答是:"不必主动提。如果对方问及离职原因,可以告诉对方是因为部门整体调整。"这家 500 强的裁员当时可算惊天动地,无论员工干得如何直接砍掉了几条业务线。相信新东家能理解 Jack 的意思。

不要委屈自己迁就机会是最后也是最重要的一条。我朋友 Tom 有超过 10 年的开发经验,但学历不高只是个专科。Tom 问我:"猎头或者公司会不会因为学历问题不给面试机会?要不要造个假?或者考个相关的技术认证什么的?"当时他的表情一扫往日的笃定显得很不安。我的建议就是:"不要主动寻求歧视。"如果对方就是个只看学历的猎头或者公司,那您即使考很多相关认证,贴满全身还是会因学历问题被淘汰。求职很多时候就是背靠背博弈的结果,我们要把握住自己能把握的部分,比如,适当展示自己的工作能力和人脉等,把握不住的部分最好随缘。不要委屈自己去迁就机会,如此多半会给双方造成痛苦。只要不断尝试,相信每个人都有机会通过猎头找到更适合自己的位置。

总之,无论何时猎头带着诱人的机会来敲我们的门,多考虑以上提到的三点都能让我们有机会战无不胜,即我们能为对方创造多少价值、能创造多久;我们在整个过程中是否保持了坦诚;我们是否真的有必要委屈自己去迎合机会。

5.2.10　借用资深眼光审视机会

Leo,您好!

之前我在一家公司任技术项目经理,待遇、前景都还不错,两个星期前 C

公司发给我 Offer 希望入职，没签劳动合同。他们的人事一直催着让我快点过去，我辞职后 C 公司人事打电话给我，说由于公司调整，他们那个职位不需要人了，请注意在上午他们还发消息给我催我快点入职。请问我可以告 C 公司让他们赔偿吗？

Roby

　　以上是刚收到的读者来信，我的答复是：可以告 C 公司，但是要求赔偿的请求是不太可能得到仲裁机构或者法院的支持的。理由是还没开始工作呢，赔什么呢？即使真的入职，干了一周公司做调整取消了职位，只要他们支付给您相应报酬一样没什么可赔的。劳动法有明确规定，试用期里双方可以随时解除劳动合同，更何况您没有开始真正的试用。在我们慢长的职业生涯中，可能永远不会与猎头打交道，但是一定要学会猎头审视机会的技能。

　　我认识的 100 多个猎头顾问里，资深行业前辈都对机会有很高的敏感度。客户的项目找到他们时，他们三五个问题之间就能判断此职位是否能在行业里找到合适的候选人、职位靠什么吸引候选人、职位是临时用来顶雷的还是长期存在、这个客户是不是值得、项目能不能接。这种在外行人看来很神奇的技能得益于猎头顾问长期的积累和沉淀，也得益于他们之前失败的教训，我总结出了掌握"准确判断机会"能力的三条"捷径"，希望在您判断新机会时有所帮助，不重蹈 Roby 的覆辙。

　　无论其中是否有猎头牵线，新机会来的时候，我们自己"成为行业专家"无疑是正确判断的开始。我们平时不但要精于本职工作，提高专业水平，还要对业内的种种新闻时常关注，对行业领军企业、领军人物有必要的了解，如此一来当企业或者行业高人拉我们跳槽的时候，即可做到心中了了。并不是所有的机会都集中在本行业之中，谈到跨行业选择机会，我的建议是要先"成为搜索专家"，擅于利用互联网工具。只要在搜索框中输入目标公司名称即可找到相关的信息，包括公司历史、产品、近况等。为防万一还可以用"目标公司名称+骗子"或者"目标公司名称+劳动纠纷"等词来查询是否有负面情况存在。有拖欠工资、不上保险等负面新闻的公司，我们要慎重选择。查看目标公司网站也是个好方法，如果公司新闻超过 3 年没有更新，新产品很久没有上市，网站上只有静态页面，那么也请慎重选择。

　　面试是双方相互衡量的绝佳机会。公司想通过面试了解我们之前的经历，借此判断我们的能力与价值；我们则通过面试掌握公司的情况和职位未来的发展走向。每个机会对于候选人而言都多少存在着黑洞（正式入职之前无法透彻看清的地方），有经验的候选人能通过面试让这个黑洞变小，跳槽是简单博弈，双方相互的信息越透明就越容易做出正确判断。以下 3 个问题可以在面试时让我们更充分地了解公司。

1．职位之前的任职者为什么离开？

问题解析：前任离开的原因极可能成为我们离职的原因，对方避而不答或者闪烁其词都很说明问题。如果当面得不到答案，面试结果之后动用行业人脉务必把此问题搞清楚。

2．如果是个新职位，那下一步对此职位的规划是什么？为什么公司内部同事没有能胜任的？

问题解析：新职位产生之后，公司首先应考虑请老员工来任职。真实情况是很多时候为了内部的平衡，公司会先从外部引入人才作为过渡，不久之后即有公司老员工接任。不要让自己成为炮灰。

3．职位的汇报路径是怎样的？领导风格如何？

此问题的答案是判断机会的基础，与直属领导风格是否匹配直接决定了候选人能否长期稳定地工作。

最后一招叫"急事缓办"，对方越是急着要我们入职，像刚才提到的 Roby，我们就越是要停下来想一想。尤其是在在职的情况之下，生存不是问题、跳槽只图发展的时候反而应该更沉着，不急于辞职，要多从侧面打听新公司的情况。有时候公司是因为临时求急招聘人，在"急"过之后会很快淘汰掉。

每次新机会向我们招手时，都应使出"成为专家、多提问题、急事缓办"招。资深猎头判断机会时也无非用此三招，区别在于他们天天用，我们只在判断新工作机会时偶尔用。

5.2.11 猎头潜规则

2009 年 11 月，我应邀在 2009 年中国软件大会上做主题为"猎头揭秘"的演讲，主要是讲猎头行业如何运作，研发人员又应该如何通过猎头帮助自己掌握自己的命运。在以技术为主的峰会上，我的讲座仍然吸引了很多听众，究其原因应该是每个人未必真想了解猎头行业，但是所有人都想让自己有个好发展，猎头是其中一个助力器。会后一位朋友的提问更是让我深思，他说："我想知道，猎头公司有品牌吗？好的猎头公司联系我都是好机会吗？"我想以此为基础谈谈三条"猎头潜规则"。

公司品牌不可信，猎头顾问最靠谱。在我认识的人里，最知道每家公司猎头能力的人的叫 Eric。他目前是家上市公司的 HR 经理，此人以前是猎头的猎头，即他服务的对向是猎头公司，提供从顾问助理到高级顾问服务的候选人，京城的近 400 家有名有姓的猎头公司里的人他都接触（touch）过。作 HR 之后，Eric 从不找"知名"猎头公司为他服务，他的理由是："公司只想找到合适的人，不会为猎头公司的牌子付费。我只关心是哪个猎头顾问在为我服务。"应该说他道破了猎头行业第一个潜规则：在国内，服务质量有没有保证全看是哪个猎头顾问在做。知名公司多半会派新手去服务"看起来"不大的客户，要知道很多好公司其实看起来都"不大"。所以，当猎头找到我们时，不要看猎头公司有没有品牌，而要看猎头顾问在业内的口碑，看他提供机会的具体情况。"很多时候小猎头公司的顾问更努力、更有诚信。最优秀的猎头顾问我们在大众媒体上是找不到的，他们都在忙着做单"，我和 Eric 都很赞同此看法。

猎头没我们看起来那么聪明，利用规则我们可以为自己争得更大的利益。猎头很可能只是信息传递的工具。A 公司总裁找到猎头顾问 Rock 点名要挖 B公司的总监刘如意，Rock 好不容易把电话打到刘如意的手机上，得到的答复出乎他的意料，刘如意说："我和 A 公司的总裁是多年的朋友啊！上个月还一起吃饭，他要找我为什么还通过您呢？"猎头行业规定，候选人如果之前和客户公司有接触或者被其他公司推荐过，那么就不能再以此候选人入职为名收费。Rock 白忙了一场，可他把 A 公司想请刘如意加盟的意图进行了有效传递，说出了 A 公司不方便说的话，接下来的进展就是供求双方直接沟通的事情了。有关聪明的第二个故事应该叫"坚持总有回报"。行业里有个明文规定，猎头给客户推荐的候选人如果一年之内入职此公司，即视为猎头推荐成功，用人的公司要遵照合同规定，按候选人薪水的相应比例给猎头付费。我见过很多优秀而聪明的候选人善于运用猎头推荐的机会，即使没能成功入职，也把猎头推荐的公司变成了自己的关系，等到 2 至 3 年之后，如果候选人想再入职这家公司，根本不必再通过猎头，自己打电话过去就可以了，与此同时公司也不必因此为候选人的入职而给猎头付费，因为候选人早已经过了 1 年的"质保期"。成功永远属于善于等待机会的我们。

　　素质普遍偏低是猎头行业现状。很多朋友跟我抱怨说："猎头给我打电话的时候什么都不知道。不知道我的职业状态，没有我的简历，还不肯说是哪家公司在找人。"我的回答是："不要拒绝机会。即使他们素质不高，仍然给我们带来职业提升的可能。"为外界所不知的一个事实是：猎头行业的从业者素质严重偏低。远远不像猎头行业在国外的从业者，他们多为其他行业退休人士，能借助自己之前的行业经验寻找客户和候选人。在国内猎头从业人员素质正全面向给保姆介绍工作的中介的水平看齐，猎头行业本身在国内生存压力大和项目参差不齐是两个根本原因。所以，给我们打电话的猎头顾问多半不是有十余年工作经验的资深人士，而很可能只是涉世未深的朋友，应届大学生从事此行业的不在少数。还是那句话，就像只要房产中介能提供好的房源我们不会介意业务员没上过学一样，不要介意猎头顾问素质低，只要他们能给我们提供好的机会，他们极可能是不了解我们、不了解我们的行业、但十分勤奋地挖角为我们提供机会的朋友。

　　学好猎头潜规则，让我们更有机会成功！

　　（本书配套课程网站上提供了视频资料"IT 猎头内幕"，希望对您有所帮助。）

第6章

悟道篇——求职99招

本章按求职的时间顺序总结出 99 招，以"术"为基础、"道"为核心，让您既掌握操控细节的"术"，又通过对"术"的练习对"道"有所领悟，最终做到"知己知彼、百战不殆"。

99 招分为以下 6 部分：求职心经、确定目标、全面准备、投递简历、面试现场、面试之后。

6.1　求职心经

1．在求职这个问题上要运"命"而不要让命"运"，预测未来的最好方法就是创造她。

2．让每次回忆都不感觉负疚的方法就是不断向着目标努力。

3．任何时候都尝试换位思考，多考虑我们能为别人提供什么。有句话说得好："不要只想向这个世界索取，想想我们能为世界贡献什么，贡献过什么。"

4．永远不要有乞讨心态，工作不是"求"来的，是靠我们自己的实力赢得的。

5．求职应该遵循的原则是坦诚。"诚者隆至后世，诈者当身而灭。"遵循这个原则我们可能失去的只是我们并不胜任的工作，继续找吧！下一个机会可能更适合我们。

6．"先就业"还是"先择业"很多时候取决于个人的经济实力。

7．不要轻易相信"面经"，决定我们能否入职的是实力而非技巧。

8．简历只是一张纸，不必搞得太厚，太厚的结局是被招聘公司"背用"当成打印纸。

9．不要贴艺术照在简历里，技术是一份不靠"脸蛋儿"吃饭的工作。

10．想清楚自己的目标职位再开始求职，招聘方没空也不会为我们定义和寻找方向。

11．每家公司只投一两个职位，投多了只会让别人感觉我们很烦。

12．简历尽量简洁，应届生不要超过 1.5 页，非应届生不要超过 3 页，面试时我们有充足的时间展示自己。

13．不要主动寻求歧视。如果招聘方不需要大专生，那么我们就去找家不看学历只看能力的公司应聘。即使是世界 500 强，有这样的歧视条款，也不值得加盟。

14．职位描述（JD）上的话不必全信。很多标明"需要至少 1 年工作经验"的岗位最终入职的往往是应届生。

15．对于简历，要做到"打出去，同时请进来"。即每天网投简历的同时还要刷新自己的简历，让简历能被正在"人才库"里搜索的公司看到。

16．衣着不整就像在说："我就这样儿，你也不能把我怎样呢！"如此多半会让我们失去机会。

17．提前 5 分钟到现场，如果不能及时出现请打电话请假，这是礼貌，也是素质。

18．笔试时请自带签字笔，填写答案时字迹工整，不空题。如果遇到难题或者时间不够，可在答案纸上简单地展示思路。

19．等待面试时向前台索要一份公司介绍。

20．无论对方是否提及，面试时请带上几份纸质简历。

21．"简历里都有"是面试官比较反感的话。如果简历里都有，那么面试是多余的，凭简历就可以通知入职了。

22．凡事预则立，面试之前请反复演练，尽量包括每个细节。

23．面试的态度应该是不卑不亢。自卑可以满足面试官的救世主心理，但是我们不会因此提到工作机会；过分自负可以满足我们的表现欲，告诉对方"你也没什么了不起",但是这会让我们失去机会。

24．关于面试态度有句话叫做"心里有，比什么都重要"。我们心存感激和心存傲慢都会体现在言行之中，进而被对方察觉，进门之前请先把心态摆正。

25．面试时尽量保持开放的心态，即使对方出言不逊，也不必正面回击。理性的方法是以"您说的有一定道理"开始，之后再阐明我们的观点。

26．技术职位也不要小看 HR 的作用，部门同意入职，被 HR "枪毙"的候选人比比皆事。与非技术人员沟通时，尽可能在心里降低对方的理解能力，这有利于建立良好的沟通气氛，从而达到良好的效果。

27．英文面试方面，应该真实地表现自己的水平。不要说"因为我没有英文环境，有环境我一定会练好"之类的废话，这既显得我们不够专业又说明我们平时不够努力。

28．面试时与其说是在考查表达和沟通能力，不如说是在考查我们的思维和逻辑是否清楚，请切记这一点。

29．沟通时多保持与对方眼神接触。

30．紧张在所难免，要克制诸如抖腿、咬嘴唇、不断眨眼之类的小动作，这样只会告诉对方我很紧张。直接承认紧张是个缓解压力的好方法。

31．察言观色，对方如果流露出不耐烦，那么请尽快结束现在的话题，开始另一个。

32．不要谈及在以前公司的种种不愉快和以前公司的种种不是，新东家早晚也会成为老东家。

33．不必所有面试问题都圆满解答，这样面试官很可能会找到我们无法圆满回答的问题来结束面试。

34．回答没有把握的问题请先澄清说："这个问题我试着回答一下……"如果对方提出的是基础技术问题，那么我们最好回去补补课，准备其他公司的面试。

35．不主动谈及薪水问题，除非对方问。

36．"期望薪水当然是越高越好"是面试官不愿意听到的。一是答了等于没答，二是会体现出我们对自身利益患得患失的心态。

37. 如果全部面试流程结果时，对方还没问及我们的期望薪水，那多半证明我们失去这个机会了。不要马上转身离开，说出我们的期望薪水，请对方给个建议。每次跌倒，至少要在手里抓把土。

38. 面试结束前先在桌子下面把手擦干，记得最后一个环节是握手告别。

39. 用初试的心态迎接每一次复试，除非入职，否则"淘汰"随时可能发生。

40. 做好求职和面试记录，把我们投过简历和应聘过的公司进行分类整理。

41. 整体而言，面试是背靠背博弈。除非参与群体面试，否则我们并不了解竞争对手的表面，因此只要做到比上次表现得更好就可以了。失败了也不必太自责。

42. 我们可能永远不跟猎头打交道，但要具备资深猎头对公司、职位的敏感度。

43. 不要只因为薪水低就考虑新的工作机会，我们得到的总比付出的要滞后一些，这是规则也是规律。

44. 猎头不是雨天送伞的人，所以下雨（我们需要找工作时）时不必指望他们。

45. 把猎头看成是职业中介比把猎头看成是职业贵人更有收效。

46. 求职很多时候是小概率博弈，我们可能做得尽善尽美最终也没有得到想要的机会，没关系，总结教训继续再来。有计划地海投简历寻找机会也许是个好方法。

47. 求职停止于在新的工作岗位上有"稳定"感，而非入职新公司的第一天。相信我，变数很多，不要马上休眠自己的简历。

6.2　确定目标

我经常被问及："找不到职业方向怎么办？什么职业适合我？"下图所示6 部分将为您揭晓答案。6 部分组成了一个完整的圆，缺少其中任何一角都无法让我们在职场上顺利前进。

48．地域要求

在不同地区求职决定了我们要采取不同的策略。请回答下面的问题：目前工作城市的情况如何？我喜欢这个城市的特点有哪些？如果可以选择，我会在哪个城市求职？在这个城市我有哪些朋友？

目前工作地点		理想工作地特点	哪些地区符合此特点	在此城市我朋友有哪些	备　　注
喜欢的特点	需要改进				
1、	1、	……	……	……	……
2、	2、				
……	……				

49．个人兴趣

利用霍兰德测试来确定自己的职业兴趣。此测试按 6 个类型把人做了划分，分别是现实型、探索型、艺术型、社交型、创业型、传统型。进行测试后，相关量表会提示与您兴趣相符的职业。（如果想进行此测试，可以发邮件至 Zhaopinpro@gmail.com，我会把相关资料发给您。）

50．技术特长

根据之前所学和所从事的工作，确定您的技术特长在以下哪一类或者哪几类中。

计算机软、硬件与互联网

技术经理	项目经理	产品经理
软件工程师	硬件工程师	网站运营管理
软件测试	硬件测试	互联网软件开发工程师
系统管理员	网络管理员	信息技术经理/主管
网络工程师	网络与信息安全工程师	网站编辑
信息技术专员	网页设计/制作	技术支持/维护工程师
游戏设计/开发	技术支持/维护经理	系统分析师/架构师
质量工程师	系统工程师	ERP 技术/开发应用
数据库开发工程师	数据库管理员	

通信技术

通信技术工程师	有线传输工程师	无线通信工程师
电信交换工程师	数据通信工程师	移动通信工程师
电信网络工程师	通信电源工程师	

电子与半导体

电子/电气工程师	电子元器件工程师	电路工程师/技术员
电池/电源开发	设备工程师	音频/视频工程师
家用电器/数码产品研发	电子/电器维修	机电工程师
自动化工程师	集成电路 IC 设计	IC 验证工程师
激光/光电子技术	半导体技术	模拟电路设计
嵌入式硬件/软件工程师	无线电工程师	版图设计工程师
仪器/仪表/计量	FAE 现场应用工程师	产品工艺/规划

51．职业规划

确定要从事的工作之后，接下来就要了解一些职业的晋升路径与相关职位要求。

以软件工程师为例，其晋升路径如下图所示。

掌握了职位的晋升路径，我们就会明白拥有什么样的技能才能达到所希望的职业目标。通过职业生涯规划，我们就能专注于要做什么以及如何去完成。在对自己的技能和经验有更深入的了解之后开始写简历，把我们自己以最佳的方式呈现给招聘方。

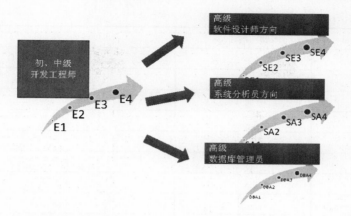

52．环境要求

水生植物绝大部分到陆地之后都会迅速枯萎。如果进入了不适合自己的工作环境，同样会给我们带来类似伤害，接下来需要确定的是何种工作条件之下我们会最有工作效率。

目前工作环境		理想工作环境特点	备　　注
喜欢的特点	需要改进		
1．弹性工作	1．部门沟通	……	……
2．公平竞争	2．		
……	……		

53．期望薪水

正式求职之前应该确定两个期望薪水值，即理想期望薪水和最低期望薪水。

理想期望薪水可能会根据不同的职位和公司有所差别，新公司的薪水原则上应该是之前薪水的 1.2 倍或者 1.5 倍。

最低期望薪水则相对固定，其中包含了我们生活所必需的支出，低于这个水平我们就无法生存。请根据以下明细列出您每月的支出，继而确定最低期望薪水。

科　　目	支出明细（元）	备　　注
生活费		
食物		
日常用品		
外出就餐		

科　　目	支出明细（元）	备　　注
水电气		
房租		
服装		
购置物品		
休闲娱乐		
电话费		
手机费		
交通费		
医疗保健		
上网费		
书报费		
其他		
合计：		

计算出的结果可能会让我们自己备感吃惊，当然也会成为我们不断前进的动力。

6.3　全面准备

经过以上几步，我们已经有大概的职业目标了，接下来正式开始动手求职。

54．书面资料

对应届生应准备：盖章的学校成绩、所获奖项证明（各种奖学金等）、证书（英语四、六级成绩单，计算机等级证）。

对非应届生应准备：离职证明、Referance Checkist（背景调查证明人名单）。原则上我们之前工作的每个公司都应该找一位或者几位证明人，由他们来证明我们简历和面试时所描述的工作情况属实，证明人应为与自己有直接工作关系的人，多为前领导或者前下属，以下是样例。

证明人信息表

科　　目	信　　息
证明人姓名	
联系电话（手机）	

科　　目	信　　息
联系电话（坐机）	
与我的工作关系	
有效证明期（即共事时间）	
证明期我受聘职位	
对我的评价	

55．着装

保持您面试服装的整洁，着装方面的诀窍是：让自己看起来像所应聘公司的人、像所应聘职位的人。始终穿职业装面试并不是最好的选择，如果公司的其他人（包括面试官）都穿休闲 T 恤，求职者穿西装去面试显然与公司风格不合。应聘之前在网上查找相关资料，或者提前到公司门口看一下就可以让我们在着装方面赢得先机。

56．列好时间表

把求职当成一份每天时长 10 小时的工作来做，列出要完成的进度。比如，发多少份简历、安排几场面试、给几家公司打电话询问进展。

57．求职日志

把投过简历的、参加过笔试和面试的公司进行有效管理。

序号	公司名称	联系电话	邮箱	联系人	投简历日期	笔试日期	面试日期	最终结果	备　注
1									
2									
……									

不要认为整理上面的信息是在浪费时间，所有的付出都会有回报，既会帮我们管理求职的信息，提高效率，又可以规范和条理自己的工作习惯。

58．定义求职顺序

绝大多数人的求职顺序是：招聘网上寻找信息、专业渠道（本行业网站、目标公司网站）、熟人推荐。但是此顺序刚好与公司招聘顺序相反，公司的招聘顺序是：请公司内部同事推荐、在自己的网站或者专业渠道中发布信息、在招聘网站上发信息。

巧用求职三大途径

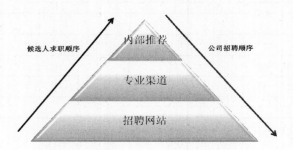

对求职者而言，他们希望成本最小，寻找熟人推荐自己至目标公司明显成本高于网上海投简历；对公司而言，他们希望可信度最高，公司内部同事推荐的候选人比网上投简历的应聘者具备更高可信度。

求职时，请先找熟人推荐机会。熟人包括朋友、亲戚、老师、前同事。

59．建立圈子

通过查询网上信息了解我们所选择的职业。在朋友圈中寻找从事此职业的人，了解相关信息。行业 QQ 群是个不错的选择，在每个群里都会有愿意提供帮助和信息的人。

60．两个版本的自我介绍

准备两个版本的自我介绍：长版本（10 分钟）和短版本（30 秒钟），反复训练。短版本由长版本精简而来。两个版本可以帮我们应对各种不同的情况。短版本可用于电话中的自我介绍，或者面试时间过短对方又准备提问的情况；长版本则多用于时间充足的面试。

61．就重要技能进行准备

针对简历上列出的重要技能和经验，反复面对家人和朋友练习，描述这些自己所拥有的技能和工作经验。

62．收集应聘公司信息

了解应聘公司的情况和背景有利于我们回答对方提出的"您为什么选择我们公司"的问题，同时不要满足于只了解表面现象，收集的信息应该尽量全面，不要满足于您对于雇主的一些常识性了解。

针对要应聘的公司收集以下信息：

序号	公司名称	经营范围	公司成就	成立日期	近期新闻	企业文化	发展阶段	竞争对手	总裁经历	备注
1										
2										
……										

我们可以从以下渠道找到所需要的公司信息：

- 互联网

- 公司宣传册

- 行业协会

- 行业杂志

6.4　投递简历

63．简历的实质和作用

简历是世界上最容易把我们变成一张纸或者一封邮件的东西，它存在的唯一目的是为自己赢得面试机会。

64．时间顺序

逆序，即从最近的学习或者工作经历写起，按照时间逆向排列我们的职称和工作经验。

65．语言

措辞尽量简洁（使用短句），使用合适的字体和类型（建议用小四号、宋体）。

66．形式

用内容吸引对方，而非形式。使用关键词来描述我们拥有的技能和经验，不使用下画线、粗体和斜体的修饰，不要在简历里增加音频或者视频文件。

67．关键词

包含描述技能的关键词，方便简历被搜索。

68．照片

除非对方明确要求，否则不必贴照片。在对方要求贴照片的情况下，照片应使用 1 寸免冠证件照，而非艺术照。

69．页数

应届生简历请不要超过 1.5 页，非应届生简历原则上应少于 3 页。

70．邮件简历

除非对方要求，否则使用文本（.txt）方式发送。

71．撰写要点

简历内容尽量简洁、真实。发出前检查错别字，不使用缩略语，不夸大掌握技能和工作业绩，用简短语言描述成功案例。

72．概述部分结构

基本信息+求职目标+自我评价+工作经验+教育背影。

73．基本信息

姓名、性别、年龄（出生日期精确至月）、手机号（工作时间保持畅通）、E-Mail 等。

74．自我评价

总结个人特点，写在基本信息下面，以突出优势，吸引注意。个人特点应该与所应聘职位对应，写成几点。

75．工作经验

逆序描述之前的经历，包括公司名称、所在城市、公司概述、就职时间、职称和主要的工作成就。

76．工作成就

描述原则：多用数字表明成绩、表明自己加入后项目产生的积极变化。

77．教育背景

逆序列出学历和学位、注明学校名称和专业。

78．简历关键词

撰写简历时，我们使用以下词汇能够更有效地表达自己。

完成 管理 建立 发起 解决 维持 分析 执行 节省 简化 形成 获得 集中 解答 证明 组织 招募 转换 引导 标准化 创新 研究 分散 处理 设计 提高 增加 发布 提高 启动 赢得 新增 擅长 解决

79. 求职关键词

一般来说，招聘方会根据某个或某几个关键词搜索简历，因此使用关键词让我们更容易被找到。除与职位名称相关的词之外，应聘技术职位还可能包括以下关键词。

计算机技术 硕士 优秀学生 学生会 500 强 实习经验 奖学金 优秀 奖励 社会活动

每个人都应该总结出一套与自己应聘职位有密切关系的词，并把这些词填充在简历之中。这样就有足够的词定义我们的技能、经验、教育、专业和背景，关键词中建议适当使用专业术语。

80. 求职信要素

如果求职时，我们没有太多时间针对不同企业制作不同的简历，那在统一简历的前面使用求职信无疑是个好办法。既可以体现我们对招聘方的重视，又不必用太多时间进行修改。求职信可包含以下要素：注明申请职位、在哪儿得到的职位信息；一句话自我介绍说明自己适合应聘职位的原因，这句话会成为连接简历与应聘职位的桥梁，我们可以在这里提供用数字描述的业绩情况和完成重大项目的简介；最后，表示感谢的同时，留下我们的联系方式。

81. 投递原则

- 求职信中让自己的特点与职位要求相匹配。
- 简单明了、言简意赅。
- 一家公司最多投两个职位。
- 每个邮件对应一家公司。

82. 招聘网站搜索

每个招聘网站的空缺职位搜索方法都会略有不同，但是整体上都按职位类别、地点和职位名称进行了分类。同时，这些职位每天更新，按我们的职位要求定制关键词，搜索合适的职位，进行简历投递，这样能够帮助我们缩小目标职位的范围，同时让职位与我们的技能和要求相更匹配。

83．使用职位搜索器

职位搜索器是根据求职者要求列出的职位清单，大部分招聘网站的个人后台都具备此功能。搜索器根据具体的标准自动搜索职位，进行后台定制后，我们会定期收到有关职位信息邮件。使用职位搜索器最大的好处就是节约时间。收到邮件的频率可以根据自身情况而定，在求职高峰时可以定义成每天收到，这样一旦招聘网站中出现适合的新工作机会，我们就可以第一时间得知，以便第一时间申请。

84．简历投放频率

针对同一公司的职位，为防止求职者太多，我们投的简历被忽略，建议每隔三天投一次简历，直到我们接到面试通知或者去其他公司上班为止。

6.5　面试现场

85．面试本质

如果简历和求职信唯一的作用是为我们赢得面试机会，那么面试的本质和潜台词就是"双方互相了解，考虑在接下来的几年时间里，是否愿意合作与共事"。

86．开始前的细节

● 　至少提前 5 分钟到达面试现场，不要迟到。

● 　尊重每一个我们见到的人，包括前台。

● 　着装干净、合体。

● 　头发整齐清洁。

● 　佩带手表。

● 　少量的配饰。

87．面试中的细节。

● 　对方示意后才入座。

● 　回答问题要坦诚。

● 　站在招聘方的角度上谈我们能做什么。

● 　保持良好的目光交流、表现出足够的自信。

88．需要携带的物品

● 纸质简历（无论对方是否提前要求）。

● 签字笔。

● 事先准备的面试题（方便复习）。

89．准备故事

为了更好地应对面试，我们应该准备 3～5 个描述实际成果的小故事。面试中把握机会详略得当地展示给对方。把成就分解成十个或者十二个句子的"故事"（此为长版本），这个故事要能够完整描述项目概况、所遇到的困难、我们采取的行动和结果。然后像准备简历一样，把每个小故事准备长、短两个版本，短版本是在长版本的基本上精简的一句话，在时间不够充裕时使用。

90．准确描述工作

按如下思路描述工作。

● 工作中被具体分配到的任务、责任或义务。

● 描述当时的情况、项目或任务。

● 强调特殊的具有挑战性的问题（问题是什么？需要做什么？我们从哪里开始着手解决？）

● 我们采取的行动是什么？做了什么？（描述目标、计划和流程，以及其中我们提出的新方法）

● 结果是什么？

91．候选人最受关注的十大特点

良好的分析能力、具备逻辑思维能力、诚实正直、积极主动、适应能力强、注重细节、开放的心态、扎实的专业知识、擅于表达自己的观点、勇于迎接挑战。

92．面试五问

面试可能会有 1 万个问题，但只要想清楚以下五个问题并准备好答案即可应对其中绝大部分。

● 您为什么来？

● 您能为我们做什么？

- 您是怎样的人？

- 为什么是您？

- 您的期望薪水是多少？

（详细解答思路见本书配套网站上提供的视频资料"面试问题精解"。）

93．求职者提问原则

在多数情况下，求职者有向招聘方提问的机会。请遵循如下原则：

- 不问显而易见的或者应该事前由求职者准备的问题，比如，贵公司是做什么的？我应聘的是什么职位？

- 不问明显不会得到答案的问题，比如，贵公司准备给我多少钱？您对我的表现满意吗？

- 除非应聘高端职位，否则不问战略性问题。比如，贵公司未来 3～5 年的战略是什么？（这与我们并没有非常直接的关系。）

- 问与自己未来工作相关的问题，比如部门领导风格、具体工作、有无相关培训。

94．了解面试我们的是谁，包括对方职务、姓名和邮箱，以便保持沟通。不要做个糊涂的求职者。

95．掌握招聘方的两种心态，为自己赢得机会。

- 迷茫——希望求职者能解决企业真正的问题，尤其是大公司跳槽过来的求职者。

- 好奇心——想看看求职者在新公司里是如何表现和解决问题的。

6.6　面试之后

96．发封感谢信

即使面试不顺利，也应该在面试结束后 3 天内发给招聘方一封感谢信，感谢他们的时间。如果我们对此职位有兴趣，感谢信将是重申兴趣和技能的另一个机会，打电话致谢也是比较好的方法。我们可以了解到招聘的进展情况，并询问是否需要提供其他信息。

好的感谢信不会只有句"非常感谢您"，感谢信中可以再次重申我们对机会的兴趣和对公司给予机会的感谢。请注意以下几点：

- 面试后的 3 天内发信。

- 注明收信人职位。

- 感谢对方提供的机会。

- 总结谈话要点。

- 表达我们对此职位的意愿。

- 最后注明联系方式。

97．区别对待

不把精力平均分配给所有可能的机会，面试之后我们进行了解和判断后，把更多精力投入到双方都有意向继续接触的公司，多发邮件、多打电话；对于双方意愿都不大的机会，简单写信致谢即可。

98．不断总结

总结面试中的得失成败，把它们记录下来，为下一次出发做准备。"常自见已过，与道即相当"。

99．不要气馁

即使是多次失败仍然不代表我们一无是处，极可能是我们求职的某些环节出现了问题或者干脆就是简历投得不够多，面试次数太少，没有积累起经验，以上种种都不能成为否定自己的理由。永远保有勇气，像从不曾被打击过、像从未失败过一样继续前进。胜利离我们不会太远！

"程序员职场三部曲"
诞生记

"拥有属于程序员自己的职业生涯手册"可能是很多中国程序员的愿望，写出这套手册则是我的梦想。

缘起

走入 IT 行业十几年，我从中关村起步之后到邮政系统三大系统集成商，再到国内最大的软件过程改进咨询公司，继而成为 IT 行业的猎头再转入企业成为 HR，这期间接触了成千上万的程序员，大家沟通时常常感慨程序员很多，但很少有人真正关心他们的职业困惑和成长。很早就看过温伯格的《理解专业程序员》，大师的经典之作让我学到很多的同时也引发了我写套"中国程序员职业规划手册"的想法。

2009 年我把写过的文章进行梳理、加工，加入全新的系统思维和完备的案例，写出了《程序员羊皮卷》，此书付梓经历让我至今难忘。2009 年 7、8 月间，我拿着书稿奔走于各出版社和书商之间时处处碰壁，有家出版说："程序员都是搞技术的，您这书也没谈技术啊！如果能搭配技术书一起出，我们会考虑考虑……"某书商告诉我："职业规划程序员都不太关心，他们不会掏钱买书的，他们只关心技术。"有人找上门来说："我们帮您自费出版吧，价格优惠。"

让人很难相信的是：时至今日，还有很多人认为程序员是机器代码的一部分，认为他们没太大必要规划自己的职业之路，认为他们不会也不必关心自己的发展与未来，能跟上技术潮流就行了。

我想提醒很多人的是：**"程序员也需要被当成正常人去理解。只有真正的人才有机会追赶技术潮流，才不会被淘汰，才可能不断学习。"**

成型

值得高兴的是电子工业出版社博文视点公司最终接纳了《程序员羊皮卷》，并促成了它的出版。图书上市半月即获北京线下 IT 图书排行榜第一的成绩，被网友称为"程序员的职业健康手册"。之后不断有朋友写信希望我能在此领域有所扩展，一位网友来信中说"书中有颇多意犹未尽之处"。

于是我终于有机会实现自己写系列丛书的想法，出系列书向来是一荣俱荣、一损俱损的事情，出版社要担比较大的市场风险。反复沟通后，我们形成了出版"程序员职场三部曲"的共识。

三部曲分别是：

《程序员羊皮卷》——职场健康书，讲述职场之中的各种现象与应对方法。

《程序员职场第一课》——走入社会的开始之书，让新人走好第一步的方法书。

《程序员求职第一书》——从职场新兵到宿将都需要的求职宝典。

系列丛书不但形成了自己的体系，还配有教学光盘或配套网络课程，能让读者全方位掌握相关方法与知识。

所有的书都会经历"从构思到写出大纲、样章，再到初稿、修改稿、终稿"的过程，其中的辛苦与困难可能只有作者自己能有所体会。

非常高兴"程序员职场三部曲"系列丛书能有机会与大家见面，实现自己的价值，完成自己的任务与使命。

延续

如同程序员不会停止职业道路上前进的脚步，希望大家能不断批评与指正本系列丛书，让"程序员职场三部曲"在出版之后仍然能够不断自我完善与健全。

您有任何针对本系列丛书的问题或者意见，都可发邮件给我（Zhaopinpro@gmail.com），本人一定会尽力解答。

在中国，研发行业之前是、此后也必然是高速发展而且充满机会的行业，我们有幸投身其中就应该紧紧抓住机会，运用自己的知识，为自己赢得美好的未来。

毕竟，预见未来的最好方法就是创造她！

最后，感谢大家一直以来的支持与关注！

本系列丛书作者 *张大志*（Leo）

后记——吞噬黑暗

在求职战场上，每天都上演着不见血的拼杀，但是当我们经历了失败的痛苦，当我们已掌握了其中的方法，当我们终于有能力为自己争得一片蓝天，当我们终于靠着自身的能力找到了位置，之前付出的一切却仿佛并未发生，似乎看不到东西被改变，周围的事物还和以前一样。

有时候我不禁要问，自己之前疯狂付出的能量去哪了？从《Dark》里我找到了答案。

多年来，人们一直相信电灯是发射光线的。然而，最近有信息表明，实际上是另一回事。电灯并不射出光线，而是吞噬黑暗。因此我们将电灯泡称为噬暗体。噬暗体理论显示出黑暗的存在，黑暗具有比光更大的质量和更快的速度。噬暗体越大，则吞噬黑暗的能力越强。

无论此理论是否正确，它至少回答了我心中的疑问。我们付出的能量不是为了改变世界，而是为了适应这个世界。如同光钱吞噬黑暗，只有在付出的过程中，我们才有能力将不良环节进行吸收消化；只有在付出的过程中，我们才能不被黑暗吞噬。

希望本书在您求职的旅途中，偶尔等同于灯光，帮助您吞噬万念俱灰时的绝望、无助与孤独感；帮您梳理求职时的困惑与迷茫，让您感觉在需要的时候手中有根拐杖；帮您理清思路、平复心情，求职不过是简单博弈的结果，只要方法正确我们必将有机会求得"正果"。

电子工业出版社.
PUBLISHING HOUSE OF ELECTRONICS INDUSTRY

Broadview ®
www.broadview.com.cn

《程序员求职第一书》读者交流区

尊敬的读者：

感谢您选择我们出版的图书，您的支持与信任是我们持续上升的动力。为了使您能通过本书更透彻地了解相关领域，更深入地学习相关技术，我们将特别为您提供一系列后续的服务，包括：

1. 提供本书的修订和升级内容、相关配套资料；
2. 本书作者的见面会信息或网络视频的沟通活动；
3. 相关领域的培训优惠等。

请您抽出宝贵的时间将您的个人信息和需求反馈给我们，以便我们及时与您取得联系。

您可以任意选择以下三种方式与我们联系，我们都将记录和保存您的信息，并给您提供不定期的信息反馈。

1．短信

您只需编写如下短信：B11387+您的需求+您的建议

发送到1066 6666 789（本服务免费，短信资费按照相应电信运营商正常标准收取，无其他信息收费）

为保证我们对您的服务质量，如果您在发送短信24小时后，尚未收到我们的回复信息，请直接拨打电话（010）88254369。

2．电子邮件

您可以发邮件至jsj@phei.com.cn或editor@broadview.com.cn。

3．信件

您可以写信至如下地址：北京万寿路173信箱博文视点，邮编：100036。

如果您选择第2种或第3种方式，您还可以告诉我们更多有关您个人的情况，及您对本书的意见、评论等，内容可以包括：

（1）您的姓名、职业、您关注的领域、您的电话、E-mail地址或通信地址；

（2）您了解新书信息的途径、影响您购买图书的因素；

（3）您对本书的意见、您读过的同领域的图书、您还希望增加的图书、您希望参加的培训等。

如果您在后期想退出读者俱乐部，停止接收后续资讯，只需发送"B11387+退订"至10666666789即可，或者编写邮件"B11387+退订+手机号码+需退订的邮箱地址"发送至邮箱：market@broadview.com.cn 亦可取消该项服务。

同时，我们非常欢迎您为本书撰写书评，将您的切身感受变成文字与广大书友共享。我们将挑选特别优秀的作品转载在我们的网站（www.broadview.com.cn）上，或推荐至CSDN.NET等专业网站上发表，被发表的书评的作者将获得价值50元的博文视点图书奖励。

我们期待您的消息！

博文视点愿与所有爱书的人一起，共同学习，共同进步！

通信地址：北京万寿路 173 信箱　博文视点（100036）　　　电话：010-51260888

E-mail：jsj@phei.com.cn，editor@broadview.com.cn

www.phei.com.cn
www.broadview.com.cn

反侵权盗版声明

　　电子工业出版社依法对本作品享有专有出版权。任何未经权利人书面许可，复制、销售或通过信息网络传播本作品的行为；歪曲、篡改、剽窃本作品的行为，均违反《中华人民共和国著作权法》，其行为人应承担相应的民事责任和行政责任，构成犯罪的，将被依法追究刑事责任。

　　为了维护市场秩序，保护权利人的合法权益，我社将依法查处和打击侵权盗版的单位和个人。欢迎社会各界人士积极举报侵权盗版行为，本社将奖励举报有功人员，并保证举报人的信息不被泄露。

举报电话：（010）88254396；（010）88258888

传　　真：（010）88254397

E-mail：　dbqq@phei.com.cn

通信地址：北京市万寿路 173 信箱

　　　　　电子工业出版社总编办公室

邮　　编：100036